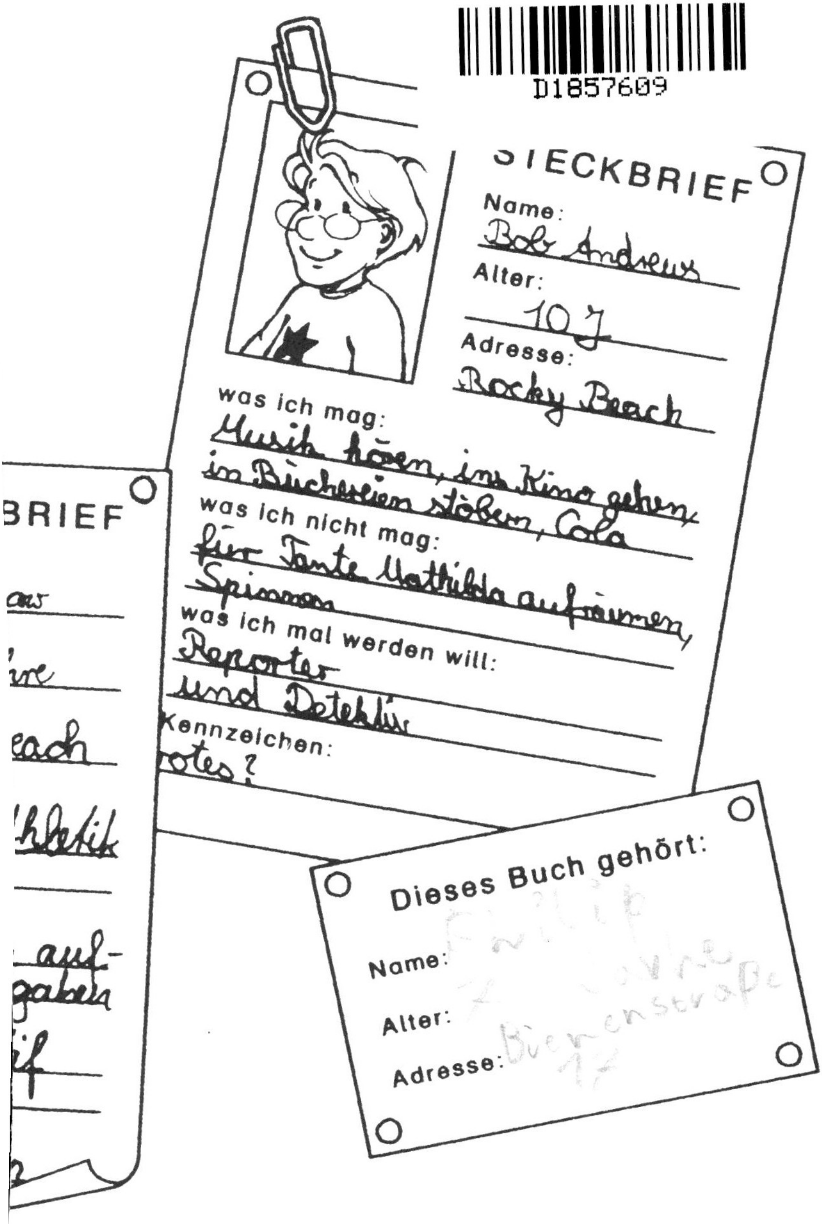
TECKBRIEF
Name:
Bob Andrews
Alter:
10 J.
Adresse:
Rocky Beach
was ich mag:
Musik hören, ins Kino gehen,
in Büchereien stöbern, Cola
was ich nicht mag:
für Tante Mathilda aufräumen,
Spinnen
was ich mal werden will:
Reporter
und Detektiv
Kennzeichen:
rotes?
BRIEF
Dieses Buch gehört:
Name:
Alter:
Adresse:

Die drei ???® Kids

Band 50

# Schatz der Piraten

Erzählt von Boris Pfeiffer

Mit Illustrationen von Kim Schmidt

KOSMOS

Umschlag- und Innenillustrationen von Kim Schmidt, Dollerup
Umschlaggestaltung Atelier Reichert, Stuttgart

»Schatz der Piraten« ist der 50. Band der Reihe
»Die drei ???® Kids« siehe auch S. 188–192

Unser gesamtes lieferbares Programm und viele
weitere Informationen zu unseren Büchern,
Spielen, Experimentierkästen, DVDs, Autoren und
Aktivitäten finden Sie unter **kosmos.de**

FSC
www.fsc.org
MIX
Papier aus verantwortungsvollen Quellen
FSC® C014138

Gedruckt auf chlorfrei gebleichtem Papier


ISBN: 978-3-440-12625-7
Redaktion: Cordula Gerndt, Geschichtenpraxis München
Grundlayout: Friedhelm Steinen-Broo, eStudio Calamar
Produktion: DOPPELPUNKT, Stuttgart
Printed in the Czech Republic / Imprimé en République tchèque

# Die drei ???® Kids
# »Schatz der Piraten«

# Weltuntergang

Justus Jonas, Bob Andrews und Peter Shaw hockten nebeneinander auf dem in rotem Leder gepolsterten Rücksitz einer riesigen schwarzen Limousine und rollten über eine breite Prachtstraße in San Francisco. Vorne am Steuer saß ein uniformierter Chauffeur mit weißen Handschuhen, der den gewaltigen Rolls Royce ruhig durch die Nachmittagssonne steuerte.

»Irre, das ist wirklich total irre!«, sagte Bob immer wieder staunend, während er aus dem teuren Gefährt nach draußen blickte. »In so einem Auto bin ich noch nie gefahren. Das ist wirklich ein Gefühl, als schwebte man auf einer Wolke durch die Stadt! Man hört nicht mal den Motor!«

»Wartet erst mal ab, bis wir auf dem Filmgelände sind«, grinste Peter. »Das wird bestimmt *noch* besser als die Fahrt in dieser edlen Luxuskarosse. Das alte Hochhaus dort ist einer der ersten Wolkenkratzer, die gebaut wurden. Es wird bestimmt ein gigantischer Anblick, wenn das Ding zusammenkracht.«

»Dies steht in der Tat zu vermuten«, meinte Justus Jonas. Er war der Anführer der drei ???, wie sich die Freunde in ihrer Tätigkeit als Detektive nannten. Heute allerdings waren sie nicht als solche unterwegs, sondern befanden sich auf dem Weg nach Down Town – wie die Innenstadt in amerikanischen Städten heißt –, um als Zuschauer einer wahrhaft einmaligen Filmaufnahme beizuwohnen. Peters Vater, Mr Shaw, arbeitete nämlich als Fachmann für Spezialeffekte beim Film. Und zurzeit war er für einen Katastrophenfilm eingeteilt, der in San Francisco unter dem markerschütternden Titel *Die Nacht, in der die Welt unterging* gedreht wurde. Mr Shaw hatte seinem Sohn von den Dreharbeiten erzählt und ihn und seine beiden Freunde eingeladen, sich diese aus nächster Nähe anzusehen.

Die drei ??? waren in einem kleinen Hotel in San Francisco untergebracht. Ebenfalls dabei waren

CA - DFK - 50

Justus' Onkel Titus und seine Tante Mathilda, sodass die drei Jungen nicht ganz ohne Aufsicht waren. Darauf hatte Tante Mathilda bestanden. Sie und Onkel Titus hielten sich allerdings tagsüber nicht bei den Filmaufnahmen auf, sondern durchstreiften alte Trödelläden, in denen Titus Jonas nach Gegenständen suchte, die er mit nach Hause nehmen und in seinem Gebrauchtwarencenter in Rocky Beach verkaufen konnte.

Der heutige Tag war für die drei ??? ein ganz besonderer: Mr Shaw hatte ihnen gesagt, dass nun endlich die Filmszene dran war, bei der das Hochhaus einstürzen sollte. Und er hatte hinzugefügt: »Der Produzent des Films hat gestern verkündet, dass wir noch ein paar Statisten brauchen, die am Rande der Szene laut um Hilfe schreien, während das Gebäude zusammenkracht. Da habe ich gedacht, das könnte euch Spaß machen, und ich habe euch gleich angemeldet!«

Damit hatte Mr Shaw vollkommen richtig gelegen. Justus, Peter und Bob waren begeistert. Und zufälligerweise hatten sie auch noch das große Glück gehabt, dass der Produzent und Regisseur des Films, ein gewisser Mr Pitschking, seine Privatlimousine kurzzeitig zur Verfügung stellte. Der Fahrer hatte die Jungen aus dem Hotel abgeholt und fuhr sie nun direkt zum Filmgelände.

»Es ist eine Meisterleistung, so ein großes Gebäude zum Einsturz zu bringen, ohne dass dabei der umliegende Stadtteil zerstört wird«, erklärte Justus. »Und ich bin mächtig gespannt, wie das vor sich gehen wird!«

Sie bogen von der breiten Prachtstraße ab und hielten jetzt auf ein großes, verlassenes Hochhaus zu, das silbern in der Sonne glänzte.

»Uff, ist das ein hoher Kasten!« Peter beugte sich interessiert vor und blickte durch die Frontscheibe.

»Da sind wir schon!«, verkündete der Chauffeur und hielt an. »Es war mir ein Vergnügen, euch hierherzufahren, aber jetzt müsst ihr bitte aussteigen und die letzten Meter zu Fuß zurücklegen. Der

Parkplatz liegt nämlich auf der anderen Seite des Filmgeländes.«

»Alles klar, Sir, und vielen Dank!«, erwiderte Justus und drückte sich aus dem weichen Sitz. Als er die Tür öffnete, schlug ihm glühende Hitze entgegen.

»Das wird ein richtig heißer Tag«, lachte Peter, der hinter Justus ausstieg. Dann sprang auch Bob aus dem Rolls Royce. Langsam entfernte sich dieser.

Die drei ??? sahen sich um. Vor ihnen lag das umzäunte Filmgelände. Der Eingang war von einem Wachmann gesichert. Jeder der drei Jungen trug einen kleinen Ausweis an seinem T-Shirt, der sie als Statisten auswies. Als der Wachmann dies sah, winkte er sie zu sich heran. »Hallo, ihr drei! Seht ihr die Plattform dort drüben?« Er wies auf ein hohes Holzpodest, das ungefähr hundert Meter vom Hochhaus entfernt aufgebaut worden war und auf dem bereits eine größere Gruppe Menschen stand. »Darauf versammeln sich alle Statisten. Eure Anweisungen bekommt ihr von dem jungen Mann mit dem Megafon, der vor dem Podest herumläuft. Das ist der Statistenführer.« Der Blick des Wachmanns fiel auf Peters Ausweis. »Ach, du bist der Sohn von Mr Shaw! Er lässt euch ausrichten, dass ihr nach den Aufnahmen zu ihm kommen dürft. Er wird dahinten in dem silbernen Wohnwagen auf euch warten. Und nun viel Vergnügen beim Weltuntergang!« Lächelnd trat der Wachmann zur Seite und ließ die Freunde aufs Gelände.

# Die zerlumpte Gestalt

Die drei ??? gesellten sich zu den übrigen Statisten auf der Plattform. Bald darauf begannen die ersten Aufnahmen. Justus, Peter und Bob sahen, wie in der Nähe des Hochhauses Kameras, die an riesigen Kränen hingen, in Bewegung gesetzt wurden. Schauspieler rannten auf und ab. Dann züngelten plötzlich Flammen aus einigen Fenstern des Wolkenkratzers, und dazu ertönten donnernde und scheppernde Geräusche.

»Unglaublich, wie viele Leute in so einer Filmcrew mitarbeiten!« Bob zeigte auf all die Menschen, die sich rund um das Gebäude tummelten. »Das sind bestimmt hundert oder mehr.«

»Ja, wenn man sich einen Film im Kino ansieht, kann man kaum glauben, dass die Schauspieler beim Drehen von so vielen Leuten umgeben sind«, nickte Justus. »Und darin besteht ja auch die Kunst der großen Darsteller: Sie können ihre Gefühle so gut ausdrücken, obwohl sie sich vor einer Kamera befinden und ihnen viele Augenpaare dabei zusehen!«

Wie der Wachmann angekündigt hatte, erhielten die Statisten nun Anweisungen von dem jungen Mann, der durch sein Megafon brüllte. Er sagte ihnen, was sie zu tun hatten. Sie standen alle zusammen auf der Plattform und mussten einige Male üben, laut und panisch zu schreien, sich die Hände vor den Mund zu schlagen und mit großen Augen auf das Gebäude zu starren, als würde es gerade zusammenstürzen. Doch dann verkündete der junge Mann: »Achtung! Achtung! Der wirkliche Einsturz erfolgt in genau drei Minuten. Sehen Sie bitte alle genau hin, und sobald die ersten Trümmer fallen, schreien Sie so laut, wie Sie können!«

Justus, Peter und Bob machten sich bereit. Im selben Moment ertönten Alarmsirenen auf dem Filmgelände, und alle Mitarbeiter zogen sich hinter eine Sicherheitszone zurück, die mit Sperrband gekennzeichnet war. Durch die Lautsprecher ertönte der Countdown. »Zehn, neun, acht ...«

»Das klingt, als würde das Hochhaus gleich wie eine Rakete abheben«, keuchte Peter.

Der Countdown endete. Der junge Mann am Megafon brüllte: »Los!« Und gleichzeitig explodierte das Hochhaus!

Es war gewaltig. Justus, Peter und Bob mussten sich keine Mühe geben, die Augen aufzureißen und zu schreien. Aus sämtlichen Stockwerken des Gebäudes schlugen Flammen ins Freie, dazu ertönten immer wieder gewaltige Explosionen, von denen einige Fenster herausgesprengt wurden und zur Erde segelten. Dann folgte der Höhepunkt. In den Mauern des Gebäudes zeigten sich mächtige schwarze Risse, und das ganze Haus sank in sich zusammen.

»Fantastisch! Einmalig!«, jubelte Justus lauthals.

»Just!«, schrie Peter. »Das klingt aber nicht sehr ängstlich!«

»Na und? Hauptsache, ich brülle. Meine einzelnen Rufe hört in dem ganzen Toben doch sowieso

keiner!« Justus riss die Augen noch einmal extra weit auf und brüllte noch lauter.

Er hatte vollkommen recht. Alle Statisten auf der Plattform schrien so laut, dass es sich wie ein Orkan anhörte. Ein einzelnes Wort war darin nicht zu verstehen. Wenige Sekunden darauf war der Einsturz vorüber. Wo sich bis eben noch ein stolzes Hochhaus erhoben hatte, lag nun eine Trümmerwüste vor den Augen der drei ???. Darüber schwebte eine gewaltige Staubwolke, die sich nur langsam verzog.

»Prima gemacht, Leute!«, rief der junge Statistenführer in sein Megafon. »Das war's für heute! Sie können jetzt alle zum Ausgang gehen und sich dort ihr persönliches Erinnerungsfoto ausdrucken lassen.«

Die Statisten kletterten vom Podest und machten sich auf den Weg. Die drei ??? wollten gerade zum Wohnwagen von Peters Vater aufbrechen, als Bob seine Freunde an den Ärmeln packte: »Seht doch nur, da!«

Justus und Peter fuhren herum. Und plötzlich hielten sie alle drei den Atem an. Mitten aus der Staubwolke um das zerstörte Hochhaus lief eine zerlumpte Gestalt. Sie wankte, als wäre ihr schwindelig, und hielt sich die Hände an den Kopf.

»Mein Gott«, flüsterte Justus. »Das ist ein Mensch! Er muss sich während der Explosion in der Sperrzone aufgehalten haben. Wie konnte denn das passieren?«

»Stopp! Kameras aus! Alles abbrechen!« Ein Mann mit einer blauen Schirmmütze sprang von seinem Stuhl, auf dessen Rückseite in goldenen Buchstaben *Regisseur* stand, und stürmte quer über das Gelände auf die zerlumpte Gestalt zu. »Sind Sie wahnsinnig?«, brüllte er laut. »Wo kommen Sie denn plötzlich her, und was machen Sie überhaupt hier? Unbefugten ist das Betreten des Filmgeländes strengstens verboten!«

Die Gestalt hob beide Hände und schien etwas zu sagen, das der Regisseur nicht verstand. Denn dieser schüttelte verwirrt den Kopf, legte sich beide

Hände hinter die Ohren und brüllte: »*Was* sagen Sie da?«

Justus stieß Peter und Bob an. »Los, kommt mit! Ich will aus der Nähe hören und sehen, was da vor sich geht. Wir gehen jetzt einfach da runter. Und wenn jemand fragt, was wir machen, sagen wir, dass wir auf dem Weg zum Wohnwagen von Peters Vater sind.« Ohne abzuwarten, sprang Justus von der Plattform, und wie immer in solchen Situationen blieb Bob und Peter nichts anderes übrig, als ihrem Freund eilig zu folgen.

Mittlerweile war der unbekannte Mann von mehreren Mitarbeitern des Filmteams umgeben. Und so gelang es den drei ??? mühelos, sich dichter an die Szene heranzuschieben. Sie stellten sich einfach hinter die nächste Kamera und sahen von dort aus zu, was passierte.

Der Unbekannte war ein älterer Mann. Er trug einen verschlissenen Mantel und hatte lange, dunkle Haare, die ihm wild ins Gesicht hingen. Er hatte indianische Gesichtszüge und sah müde aus.

Doch als der Regisseur ihm mit der Hand vor dem Gesicht herumwedelte, rief er plötzlich laut: »Nix verstehen, nix verstehen!«

Erstaunt sah Bob seine Freunde an. »Was hat das denn zu bedeuten?«

»Keine Ahnung«, gab Justus zu. »Vielleicht ist es ein Ausländer, ein Tourist, der sich die Gegend ansehen wollte.«

»Wie ein Tourist ist der aber nicht gekleidet. Er sieht eher aus wie ein Obdachloser mit dem schmutzigen Mantel«, murmelte Peter.

»Ich frage mich vor allem, von wo der Mann gekommen ist«, sagte Justus nachdenklich. »In dem einstürzenden Hochhaus kann er nicht gewesen sein. Da wäre er niemals mit heiler Haut wieder rausgekommen.«

»Aber wo soll er denn sonst hergekommen sein?!«, widersprach Peter.

»Das würde ich eben gerne herausfinden«, sagte Justus. »Zu wissen, wie man so eine Explosion unbeschadet übersteht, kann im Leben schon einmal nützlich sein. Es ist ja fast wie ein Wunder, dass der Mann noch lebt!«

»Dann müssen wir uns aber beeilen!« Bob zeigte auf den Mann, der soeben von einem Assistenten des Regisseurs zu dem großen Rolls Royce geführt wurde.

»Bring ihn ins Krankenhaus, Marvin«, fauchte der Regisseur. »Das ist bestimmt ein Obdachloser, der sich hier verkrochen hatte. Aber es sieht ja zum Glück so aus, als sei ihm nichts passiert. Und wenn

er doch einen Kratzer abbekommen hat, übernehmen wir die Behandlung für ihn. Aber mach den Ärzten auch klar, dass er selbst an dem Unglück schuld ist. Das Betreten des Geländes ist seit Tagen strikt untersagt, und unser Freund hier hat illegal gehandelt. Und jetzt will ich mit den Aufnahmen weitermachen. Ich hoffe nur, dass der Kerl nicht im Bild ist. Das wäre wirklich eine Katastrophe.« Der Assistent namens Marvin, der eine sportliche rote Baseballkappe trug, nickte, und der Regisseur wandte sich ab.

In diesem Moment sahen die drei ???, wie der alte Mann kurz vor dem geparkten Auto plötzlich stolperte und Hilfe suchend seine Arme vor sich ausstreckte. Direkt neben ihm befand sich ein großer Sandhaufen. Der Mann stürzte auf diesen und steckte dabei seinen rechten Arm tief in den Sand.

»Habt ihr das gesehen?«, flüsterte Justus. »Er hat seinen Arm in den Sand gesteckt!«

»Er ist hingefallen und hat sich abgestützt«, erwiderte Peter. »Was ist denn daran so ungewöhnlich? Ihm ist bestimmt noch schwindelig von der Explosion.«

»Oder aber er hat da eben etwas ganz anderes getan«, gab Justus zurück. Gespannt verfolgte er mit den Blicken, wie der Fremde sich wieder erhob, mit dem Assistenten in das Auto stieg und dann in diesem davonfuhr.

»Lasst uns zu dem Sandhaufen gehen«, ordnete Justus an. »Ich muss da etwas kontrollieren!«

Zum zweiten Mal an diesem Tag stürzte Justus seinen Freunden voraus, und diese mussten sich beeilen, hinter ihm herzukommen. Zum Glück hatten sich der Regisseur und seine Mitarbeiter wieder ihrer Arbeit zugewandt, und so erreichten die Freunde den Sandhaufen, ohne dass sich jemand um sie kümmerte. Rasch streckte Justus den Arm aus und wühlte im Sand an der Stelle herum, wo der Unbekannte sich abgestützt hatte. Dann breitete sich ein zufriedenes Lächeln auf seinem Gesicht aus. »Freunde«, sagte Justus, »mein Detektivsinn scheint mich wieder einmal nicht getrogen zu haben. Seht euch das an!« Langsam zog er den Arm aus dem Sand. In der Hand hielt er einen kleinen Lederbeutel, der oben mit einer Schnur zusammengezogen war.

# Rätsel über Rätsel

Justus öffnete den Beutel und steckte die Hand hinein. Vorsichtig zog er ein Stück altes Pergament heraus. Darauf standen einige Zeilen in verblasster schwarzer Tinte.

»Sieht aus wie ein alter Brief«, meinte Bob. »Kannst du lesen, was da geschrieben steht?«

Justus betrachtete den Bogen. Dann schüttelte er den Kopf. »Das ist leider eine Sprache, die ich nicht beherrsche«, erklärte er. »Wenn ich auch sagen würde, dass ich sie als Sprache erkenne. Hört zu!« Er las die Worte vor: »*Ascende navem Sanctam Annam Yerbae Buenae. Ibi vestigia piratae sequere et Madonnam sine capite inquire.*

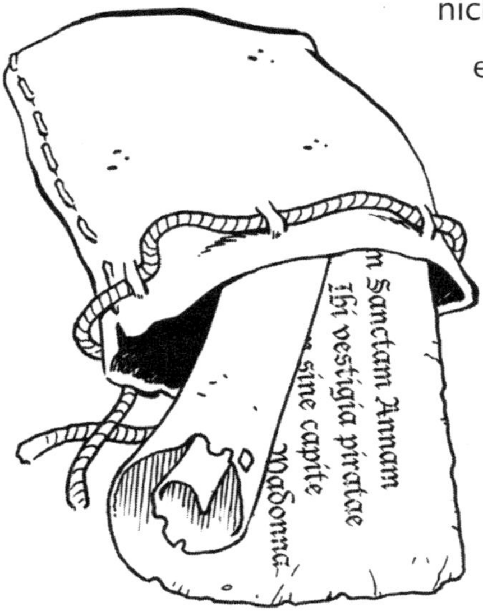

*Satis auri possideo, Madonna autem tibi viam ad divitias aperiet, quam et nauarchus Pit percurrit.* Das klingt wie Latein.«

»Du hast recht!« Peter verzog das Gesicht. »Aber leider hilft uns diese Erkenntnis auch nicht viel weiter. Ich kann nämlich kein Latein.«

»Und ich auch nicht!« Bob nickte betrübt. »Aber warum hat der Mann diesen Brief wohl hier versteckt?«, überlegte er dann weiter. »Er hätte ihn doch auch einfach mitnehmen können. Was bedeutet das alles?«

»Er hatte offensichtlich Angst, dass man das Pergament bei ihm finden würde, wenn er im Krankenhaus untersucht wird. Und da er sich illegal hier aufzuhalten scheint, hat er möglicherweise gedacht, dass man ihm den Brief wegnehmen könnte.«

»Hm, irgendwie tut er mir leid«, sagte Peter. »Wenn er wirklich ein Obdachloser ist, dann besitzt er wohl nicht viel mehr als diesen Beutel. Und den hat er jetzt auch noch verloren.«

»*Wenn* er ein Obdachloser ist, Peter!« Justus steckte den alten Brief zurück in den Beutel und diesen in seine Jackentasche. »Lasst uns zu deinem Vater gehen. Vielleicht weiß er ja, wohin man den Mann gebracht hat. Dann können wir ihn dort aufsuchen.«

Die drei ??? begaben sich zum Wohnwagen, den Peters Vater während der Dreharbeiten zur Verfügung hatte. Mr Shaw empfing die Freunde ganz aufgeregt. »Da seid ihr ja endlich! Ich habe mir schon Sorgen gemacht. Die anderen Statisten haben das Gelände bereits alle wieder verlassen.«

»Entschuldige, Dad!« Peter sah seinen Vater verlegen an. »Wir haben gesehen, wie dieser arme Mann aus der Staubwolke kam, und uns gefragt, was wohl aus ihm geworden ist.«

»Es geht ihm gut, wie ich gehört habe.« Mr Shaw seufzte. »Er ist im St. Joseph Hospital zur Beobachtung. Zum Glück hat er wohl keine Verletzungen. Mr Pitschking, unser Produzent und Regisseur, ist fast ausgeflippt.«

»Das haben wir gesehen und gehört«, bestätigte Justus.

»Ja«, nickte Peters Vater, »selbstverständlich dürfen sich hier auf dem Gelände keine Menschen aufhalten, wenn wir so eine Szene drehen. Niemand kann sich erklären, wo der Mann hergekommen ist. Das Gelände ist seit Wochen umzäunt und wird zusätzlich von einem Wachdienst kontrolliert.«

»Unsere Statisten-Ausweise sind auch überprüft worden, als wir angekommen sind«, bestätigte Bob.

»Ja, ein Glück. Dann hat wohl doch alles seine Ordnung.« Mr Shaw sah die drei ??? an. »Eigentlich wollte ich ja zum Mittagessen mit euch ins Hotel fahren, aber durch den Zwischenfall mit dem Unbekannten müssen wir alle Aufnahmen sofort noch einmal zusätzlich sichten. Und eventuell müssen wir noch ein paar künstliche Staubwolken und Explosionen nachdrehen. Das wird alles ein paar Stunden länger dauern, als ich dachte. Macht es euch etwas aus, alleine mit dem Bus zurückzufahren?«

»Überhaupt nicht«, sagte Justus rasch. »Es war ein überaus aufregendes Erlebnis, beim Einsturz des Hochhauses dabei zu sein. Wir danken Ihnen sehr dafür, Mr Shaw. Und die Fahrt im Rolls Royce war gleichfalls ein ausgesprochenes Vergnügen.«

Peters Vater lachte. »Na, da bin ich ja froh! Es war wirklich sehr nett von Mr Pitschking, euch den Wagen samt Chauffeur zur Verfügung zu stellen. Er wollte mir wohl eine Freude machen.« Mr Shaw schmunzelte. »Allerdings ist Mr Pitschking niemand, der etwas umsonst tut. Wenn ich die Zeichen richtig deute, möchte er, dass ich ihm am nächsten Drehort, auf einer kleinen Insel, bei irgendeiner Angelegenheit mit meinem Fachwissen behilflich bin. Aber warum auch nicht?« Er lächelte den drei ??? zu. »Wenn jetzt nicht die ganze Aufregung dazwischengekommen wäre, hätte ich euch Mr Pitschking gerne noch vorgestellt! Aber das schaffen wir jetzt wirklich nicht mehr. Also, dann bis heute Abend!« Mr Shaw verabschiedete sich von den drei Jungs und ging wieder in seinen Wohnwagen.

Als er verschwunden war, sah Bob Justus fragend an. »Du willst doch nicht wirklich sofort zurück ins Hotel, oder? Sag schon: Was hast du vor?«

Justus Jonas griff sich an die Unterlippe und begann, sie mit Daumen und Zeigefinger zu kneten. Das tat er immer, wenn er angestrengt nachdachte. Peter und Bob blieb dann meistens nichts weiter übrig, als abzuwarten, was bei Justus' Gedanken herauskam.

»Du hast recht, Bob«, sagte er nach einer Weile. »Ich habe einige Fragen, auf die ich noch keine Antwort habe und von denen ich denke, dass wir sie klären sollten. Wo kam der Unbekannte her? Eigentlich hätte er gar nicht auf dem Gelände sein können. Schließlich war dieses seit Tagen abgesperrt und bewacht. Dann frage ich mich: Warum versteckt er einen Beutel mit einem Brief in lateinischer Sprache in einem Sandhaufen? Woher stammt dieser seltsame Brief? Und wer, fürchtet er, könnte diesen entdecken? Und schließlich will ich wissen: Was steht in dem Brief? Das alles scheinen mir Rätsel zu sein, die der Arbeit der drei ??? würdig sind ...«

Bob lächelte. »Du hast also einen neuen Fall für uns aufgetan.«

»Er hat sich uns doch ganz von alleine gezeigt. Er hat sich uns gewissermaßen direkt in die Arme geworfen«, widersprach Justus.

»Ja«, sagte Peter. »Das stimmt. Und ich bin dabei. Ich will nämlich wissen, wie es dem Mann geht. Und deswegen sollten wir uns logischerweise zuerst auf die Suche nach dem Unbekannten machen. Er könnte uns nämlich auf alle Fragen eine Antwort geben.«

»Sehr richtig, Peter«, bestätigte Justus.

»Gut, Freunde«, nickte dieser. »Ich hasse zwar den schrecklichen Geruch in Krankenhäusern, aber ich schätze, diesmal könnte uns der Weg dorthin zur Lösung der Rätsel führen.«

Das St. Joseph Hospital lag auf einem Hügel am Rande der Stadt. Mit dem Bus brauchten die drei ??? etwa eine halbe Stunde bis dorthin. Doch als sie ankamen, erwartete sie eine Überraschung: Vor dem Gebäude stand ein Feuerwehrwagen, und einige Feuerwehrleute schnitten gerade mehrere Bettlaken auseinander, die eines an das andere geknotet waren und aus einem Fenster des zweiten Stockwerks hingen.

»Was ist denn hier los?«, fragte Peter verblüfft. »Das sieht ja aus, als hätte sich jemand abgeseilt.«

»Ja, wie bei einer Flucht aus dem Gefängnis«, meinte Bob.

»Aber wer sollte denn auf diese Weise aus einem Krankenhaus entkommen wollen? Da kann man doch auch einfach aus der Tür gehen.«

In diesem Moment kam ein junger Mann mit einer roten Kappe aus der Eingangstür des Hospitals und lief eilig Richtung Parkplatz. »Das ist doch Mr Pitschkings Assistent«, flüsterte Bob. »Er ist mir vorhin schon aufgefallen, weil er genau die gleiche Kappe wie sein Boss trägt. Nur, dass seine rot ist und die von Mr Pitschking blau.«

»Stimmt«, sagte Peter. »Und da hinten steht auch der Rolls Royce.« Er zeigte auf einen großen Parkplatz.

»Warum rennt der Assistent denn so?«, wunderte sich Justus. »Und was hat er hier solange gemacht? Er sollte doch den Mann im zerlumpten Mantel nur abliefern.« Justus ging auf einen der Feuerwehrmänner zu. »Sir, sagen Sie bitte, was ist denn hier passiert?«

Der Feuerwehrmann schüttelte den Kopf. »Ein unbekannter Mann hat sich durchs Fenster aus dem Krankenhaus davongemacht. Völlig irre, wenn ihr mich fragt. Aber er ist wohl vom Film oder so, und da laufen ja bekanntlich viele Verrückte herum!«

»Trug dieser Mann zufällig einen alten Mantel?«, fragte Justus.

»Richtig«, nickte der Beamte. »Woher wisst ihr das denn?«

»Wir haben es nur vermutet«, sagte Justus nachdenklich. »Danke, Sir!«

Die drei ??? wandten sich ab. Betreten sah Justus seine Freunde an. »Es war der Unbekannte, der geflohen ist.«

»Vielleicht hatte er Angst vor dem Regieassistenten, oder davor, dass er irgendeine Strafe zahlen muss?«, überlegte Peter.

»Das könnte sein«, nickte Justus. »Nur haben wir damit leider eben unsere wichtigste Spur verloren.« Er überlegte eine Weile. »Gut«, sagte der Anführer der drei ??? schließlich, »dann müssen wir uns eben zuerst daran machen, den Brief zu entziffern. Das ist unser nächster Hinweis. Aber das geht erst im Hotel, denn dazu benötigen wir fachkundige Unterstützung. Also lasst uns dorthin fahren.«

# Tante Mathilda hilft

Mit *fachkundiger Unterstützung* meinte Justus Jonas seine Tante Mathilda. Wie Justus wusste, hatte sie als Kind in der Schule Latein gehabt und, so wie er seine fleißige Tante kannte, im Unterricht bestimmt auch immer gut aufgepasst.

Als Justus ihr nun, zusammen mit Peter und Bob, den Text des Briefes sauber abgeschrieben auf einem weißen Blatt vorlegte, runzelte Tante Mathilda zwar verwundert die Stirn, lachte dann aber und sagte: »*Ascende navem Sanctam Annam Yerbae Buenae. Ibi vestigia piratae sequere et Madonnam sine capite inquire. Satis auri possideo, Madonna autem tibi viam ad divitias aperiet, quam et nauarchus Pit percurrit.* Solche Texte bekommt ihr als Hausaufgaben über die Ferien auf?«

»Nein, Tante Mathilda«, erklärte Justus und flunkerte dabei ein wenig, ganz ohne rot zu werden. Er wollte seine stets besorgte Tante nicht unnötig beunruhigen. »Es geht in diesem Fall eigentlich um ein Rätsel für ein Preisausschreiben, das wir lösen möchten. Man kann dabei eine Reise gewinnen, weißt du. Die besten Übersetzungen dieses Textes werden nämlich prämiert.«

Tante Mathildas Augen leuchteten auf. »Das klingt ja fantastisch. Da helfe ich euch natürlich gerne. Ich habe zwar seit meiner Schulzeit kein Latein mehr übersetzt, aber ich probiere das gerne einmal wieder. Hoffentlich bin ich nicht zu eingerostet im Kopf. Aber normalerweise gilt: Was gelernt ist, ist gelernt.«

Dann wies sie mit ausgestrecktem Arm auf den Balkon des Hotelzimmers, das sie mit Onkel Titus zusammen bewohnte. Dort stand unter einem bunten Sonnenschirm ein Tisch, und auf diesem befand sich ein frisch gebackener Kirschkuchen. »Es wird bestimmt eine Weile dauern, bis ich alles verstanden und übersetzt habe, Jungs. Ich war schon in der Schule nicht die Schnellste. Aber ihr könnt ja solange auf dem Balkon sitzen und Kuchen essen. Den habe ich vorhin mit Erlaubnis des

Chefkochs in der Hotelküche gebacken. Die Köche des Hotels waren ganz begeistert, als sie davon gekostet haben. Sie sagten, ich sei eine außergewöhnlich gute Kuchenbäckerin.« Tante Mathilda strahlte über das ganze Gesicht.

Justus sah seine Freunde glücklich an. »Prima«, flüsterte er, »das wird die süßeste Wartezeit, die wir als Detektive je verbracht haben.«

»Und wie!« Peter trat hinaus auf den Balkon, ließ sich auf einen Stuhl fallen und schnitt sich ein großes Stück Kirschkuchen ab. Auch Bob und Justus langten ordentlich zu. Währenddessen rüstete sich Tante Mathilda mit Bleistift und Block aus und machte sich an die Arbeit.

Obwohl er mit dem Kirschkuchen beschäftigt war, sah Justus seiner Tante aufmerksam beim Übersetzen zu. Er liebte Tante Mathilda über alles, auch wenn sie mitunter sehr streng sein konnte. Besonders dann, wenn es darum ging, den Schrottplatz aufzuräumen, den Justus' Onkel Titus zu Hause in Rocky Beach führte. Justus lebte, seit er fünf Jahre alt war, bei seinem Onkel und seiner Tante, weil seine Eltern damals bei einem Unfall ums Leben gekommen waren. Zum Glück aber hatten ihn seine Verwandten bei sich aufgenommen und ihm ein neues Zuhause gegeben.

»Das ist wirklich ein schwieriger Text«, murmelte Tante Mathilda nach einer Weile und strich sich eine Haarsträhne aus der Stirn. »Aber ich glaube, ich habe ihn trotz allem richtig übersetzen können.« Sie schnalzte mit der Zunge, räusperte sich und begann dann langsam vorzulesen: »*Geh an Bord der Santa Anna in Yerba Buena. Dort folge der Spur des Piraten und suche die kopflose Madonna. Ich habe genug Gold, sie aber wird dir den Weg zum Reichtum weisen, den Kapitän Pit beschritten hat.*«

»Wow!«, schluckte Peter. »Die kopflose Madonna wird dir den Weg weisen? Entschuldigt, Freunde, aber das klingt wirklich ziemlich ungemütlich.«

Tante Mathilda kicherte. »Eine kopflose Ma-

donna? Die Spur des Piraten? So ein Quatsch! Ihr nehmt den Text eines Preisausschreibens ja hoffentlich nicht für bare Münze.«

»Äh, nein, natürlich nicht!«, beeilte sich Justus zu versichern. »Es klingt einfach nur so … aufregend!«

»Na, dann viel Glück! Ich halte die Daumen, dass ihr die Reise gewinnt. Ich bin jetzt jedenfalls mit deinem Onkel verabredet, Justus. Wir wollen noch durch ein paar Geschäfte bummeln. Und was habt ihr vor? Wollte nicht Mr Shaw zum Mittagessen ins Hotel kommen?«

»Er kommt bald«, sagte Peter. »Dann treffen wir uns mit ihm.«

»Na, dann ist ja alles in Ordnung.« Tante Mathilda strich Justus über den Kopf. »Also, Jungs, dann bis später!«

Justus wartete, bis seine Tante das Hotelzimmer verlassen und die Zimmertür hinter sich geschlossen hatte. »Da hätten wir uns fast verplappert! Tja, Freunde, die kopflose Madonna ... Das klingt wirklich unheimlich. Wir müssen uns mit dieser seltsamen Dame auf jeden Fall näher beschäftigen. Doch dafür müssen wir sie erst einmal finden. Und zwar vermutlich an Bord der *Santa Anna* in *Yerba Buena.* Habt ihr schon einmal davon gehört?«

Peter und Bob schüttelten die Köpfe.

»Gut«, sagte Justus. »Ich auch nicht. Dann lasst uns herausfinden, was dieses geheimnisvolle *Yerba Buena* sein könnte.«

»Und wie bitte sollen wir das tun, wenn wir nicht die geringste Ahnung haben, um was es sich dabei überhaupt handelt?«, fragte Bob.

»Aber das ist doch ganz einfach«, gab Justus zurück. »Wir haben doch ein paar wichtige Informationen: Es muss dort irgendwann einmal ein Schiff namens *Santa Anna* gelegen haben, denn auf dieses soll der Leser des Briefes ja an Bord gehen. Und das heißt, es handelt sich bei *Yerba Buena* um eine Bucht oder einen Hafen oder irgendetwas in der Art. Und was es genau ist, erfahren wir – so vermute ich – im Stadtmuseum von San Francisco. Zumindest, wenn es sich bei dieser ganzen merkwürdigen Geschichte um etwas handelt, das sich in San Francisco abgespielt hat.«

# Das Geheimnis von *Yerba Buena*

Das Stadtmuseum befand sich in einem sehr großen alten Haus, umgeben von einem wild wuchernden Park, in dem mehrere steinerne Brunnen plätscherten. »Das sieht aus wie ein verwunschener Garten«, stellte Bob fest, als die drei ??? an der Kasse des Museums ihre Eintrittskarten lösten.

Der Kartenverkäufer, ein alter Mann mit einem silbern glänzenden Schnurrbart, lächelte. »Gefällt euch dieses Haus? Es wurde dem Museum von einem Gönner zur Verfügung gestellt, als wir vor einigen Jahren aus unserem angestammten Gebäude ausziehen mussten«, erklärte er. »Vielleicht kennt ihr diesen Gönner sogar? Es handelt sich nämlich um den berühmten Filmregisseur und Filmproduzenten Arthur Pitschking. Er hat fast alle seine Filme in San Francisco gedreht und arbeitet gerade wieder an einem neuen Streifen: einem Katastrophenfilm.«

»Dieses Museum gehört Mr Pitschking?«, rief Peter erstaunt aus.

»Nein«, verbesserte ihn der Mann an der Kasse. »Nicht das Museum gehört ihm, sondern die Villa. Mr Pitschking hat das alte Haus unserem Museum auf unbefristete Zeit geliehen.«

»Und wieso hat er das getan?«, fragte Justus gespannt.

»Ach, das ist ganz einfach«, meinte der Museumswärter. »Mr Pitschking hat früher sehr viel für seine Filmvorhaben in unserem Museum recherchiert. Da hat er die Sammlung wohl ins Herz geschlossen und wollte ihr ein würdiges neues Zuhause geben, als wir unser altes Gebäude verlassen mussten.«

»Was hat Mister Pitschking denn hier Wichtiges recherchiert?« Bob blickte neugierig an der Kasse vorbei ins Museumsinnere. Gleich in der ersten Halle stand ein großes Modell der Stadt, das diese vor und nach dem verheerenden Erdbeben von 1906 zeigte.

Der alte Mann an der Kasse lachte. »Na, zuerst hat er natürlich über das große Erdbeben geforscht. Mr Pitschking hat sich ja schon immer für alle Arten von Katastrophen interessiert. Schließlich sind Katastrophenfilme sein Spezialgebiet. Aber natürlich kennt der Filmregisseur auch alle anderen Geheimnisse unserer Stadt.«

»Und welche Geheimnisse sind das?«, hakte Justus nach. »Was können Sie uns zum Beispiel über *Yerba Buena* sagen?«

»*Yerba Buena*«, wiederholte der Mann bedächtig. »Das ist Spanisch und heißt *Gutes Kraut*. Und damit war – so hat Mister Pitschking herausgefunden – Pfefferminze gemeint, die damals dort in großen Mengen wuchs.«

»Pfefferminze?« Verständnislos sah Peter den Mann an. »Aber welches Geheimnis rankt sich um Pfefferminze? Außer vielleicht, dass man einen Tee gegen Erkältung daraus machen kann?«

»Aber Peter«, mischte sich Justus ein, »wenn du etwas aufmerksamer zugehört hättest, wüsstest du, dass es einen Ort gibt, der so genannt wurde, weil dort jede Menge Pfefferminze wuchs. Und dieser Ort scheint ein Stadtteil von San Francisco gewesen zu sein. Nicht wahr, Sir?«

»Sehr gut!«, lobte der Museumswärter. »Du hast es erfasst, mein Junge. *Yerba Buena* war der Name einer Bucht. Und zwar jener Bucht, in der die erste amerikanische Siedlung entstand, die es hier gab. Es ist sozusagen die Bucht, aus der heraus San Francisco überhaupt erst erwachsen ist. Denn bis 1848 gehörte das ganze Gebiet hier noch zu Mexiko.«

»Aber was für ein Geheimnis verbirgt sich in dieser Bucht?«, fragte Justus weiter. »Sie sprachen doch von den Geheimnissen von San Francisco.«

Der Museumswärter lächelte. »Ihr drei seid ja wirklich eine äußerst neugierige Bande! Aber wisst ihr was? Bevor ich euch alle Geheimnisse verrate, geht doch einfach in unser Museum! So, wie es der berühmte Regisseur Arthur Pitschking auch gerne getan hat und immer wieder tut. Dann könnt ihr nämlich alles selbst entdecken. Und wenn ihr etwas Spannendes herausgefunden habt, könnt ihr es mich ja wissen lassen ...«

Die drei ??? betraten das Stadtmuseum und durchquerten eilig die Säle, bis sie endlich den Raum fanden, nach dem sie gesucht hatten. *Yerba Buena Cove* stand in goldenen Buchstaben über der Tür.

Justus, Peter und Bob sahen sich neugierig um. In einer Vitrine direkt hinter der Tür hingen viele einzelne Dokumente, die sich alle sehr ähnlich sahen. Bob trat näher heran und las eines der Hinweisschilder. »Das sind Besitzurkunden«, sagte er dann. »In jeder dieser Urkunden ist jemand als Besitzer eines Stücks Land ausgewiesen und dazu steht da, dass er dieses selbstständig mit Sand auffüllen muss.«

»Wie bitte?« Peter zeigte Bob einen Vogel. »Das kann ja wohl kaum sein. Man kauft sich doch kein Land, das man erst mit Sand auffüllen muss. So was gibt es doch überhaupt nicht.«

»Doch«, sagte Bob. »Denn so steht es hier.« Er schritt langsam die Reihe der Urkunden ab. »Hier fehlt eine Urkunde«, sagte er plötzlich und zeigte auf eine Lücke. »Aber sonst steht auf allen genau das Gleiche.«

Justus, der aufmerksam zugehört hatte und dann einige Schritte weiter in den Raum gegangen war, lachte plötzlich auf. »Und hier ist auch der Grund für diese seltsamen Urkunden erklärt«, rief er aufgeregt und winkte seine Freunde zu sich. »Das ist ja wirklich eine höchst interessante Geschichte. Seht euch das an!« Der Anführer der drei ??? drückte auf einen Knopf, der ein kleines Kino in einem abgedunkelten Raum in Gang setzte. Auf der Leinwand erschienen Bilder einer Bucht, die sich kurz darauf langsam mit heransegelnden alten Schiffen füllte.

»Was ist denn das für eine Schiffskarawane?«, rief Peter verblüfft. »So, wie die angesegelt kommen, können die Schiffe, die zuerst in der Bucht vor Anker gehen, ja gar nicht mehr weg.«

Er hatte recht. Im Zeitraffertempo füllte sich die Bucht zuerst mit Dutzenden und schließlich gar mit Hunderten von Holzschiffen. »Der Goldrausch brach 1848 aus«, sagte dazu die Stimme eines Erzählers aus einem Lautsprecher.

Die drei ??? sahen, wie Tausende von Menschen von den Segelschiffen an Land gingen. Jeder von ihnen trug einen Seesack auf dem Rücken, und viele Männer waren auch mit Schaufeln und Spaten ausgerüstet.

Die Erzählerstimme fuhr fort: »Die Schiffe, die San Francisco anliefen, verloren ihre Besatzungen komplett an die Goldfelder. Die Segler lagen daraufhin herrenlos in der Bucht und verrotteten langsam. Es waren Hunderte, die in dieser Bucht hängen blieben.«

»Wahnsinn!«, ächzte Peter.

»Ja, und jetzt kommen wir unserem Rätsel allmählich auf die Spur, Freunde.« Justus fasste sich an die Unterlippe und begann, sie langsam mit Daumen und Zeigefinger zu kneten. »Verlassene Schiffe, Goldgräber, die in der Erde buddeln, und viel, viel Sand …«

Wieder fuhr die Stimme des Erzählers fort: »Gleichzeitig wurde das Bauland rund um die Bucht knapp, da niemand seine Hütte oder sein Haus auf eine mögliche Goldader stellen wollte. Und als immer mehr Menschen kamen, beschlossen die Stadtväter, die Schiffe in der Bucht zu versenken und das ganze Gebiet mit Sand aufzufüllen, wovon es auf den Goldfeldern ja genug gab.«

»Unglaublich!«, murmelte Bob. »Die müssen ja Unmengen an Sand ins Meer gekippt haben, bis sie festen Boden unter den Füßen hatten.« Die drei ??? lauschten weiter.

»Zudem planten die Stadtväter ihre Straßen quer über die Bucht und verkauften die so entstandenen Parzellen an die neuen Siedler. Dies aber nur unter der Bedingung, dass der Käufer diese selbst mit Sand auffüllte. Auf diese Weise floss für die wässerigen Parzellen Geld in die Stadtkasse, und die Käufer erledigten dazu die ganze Arbeit. Zudem wurde man die verrotteten Schiffe los.«

Auf der Leinwand verwandelte sich die Bucht, die eben noch mit Schiffen gefüllt gewesen war, allmählich in ein Stück Festland, das sich auf den versenkten Schiffen herausbildete. Häuser entstanden, Bäume begannen zu wachsen, und dann entwickelte sich in atemberaubendem Tempo die Stadt San Francisco.

»Was damals von den Entdeckern *Yerba Buena* genannt wurde«, fuhr der Erzähler fort, »ist heute Down Town.«

Straßen, Hochhäuser und tiefe Straßenschluchten entstanden im Film vor den Augen der drei ???. »Da!«, rief Bob plötzlich. »Seht doch nur!« Er zeigte auf ein Hochhaus, das sich als eines der ersten erhoben hatte. »Das ist doch genau der Wolkenkratzer, der in dem Film von Mr Pitschking gestern zum Einsturz gebracht wurde.«

Im selben Moment schaltete sich das Videoband ab. Justus stieß die Luft aus. »Du hast recht, Bob. Und wer weiß, ob das ein Zufall ist ...«

»Aber was haben denn der Goldrausch von damals, Mister Pitschkings Katastrophenfilm und dieser rätselhafte lateinische Brief über die kopflose Madonna miteinander zu tun? Just, das leuchtet mir beim besten Willen nicht ein«, sagte Peter kopfschüttelnd.

»Du vergisst etwas«, erwiderte Justus. »Es gab noch einen Hinweis. In dem Brief heißt es doch: *Geh an Bord der Santa Anna.* Wenn mich nicht alles täuscht, ist *Santa Anna* mit an Sicherheit grenzender Wahrscheinlichkeit der Name eines Schiffes. Und zwar der Name eines der Schiffe, wie wir sie eben zu Hunderten in dem Film hier gesehen haben. Es muss das Schiff von einem Kapitän sein, von dem ebenfalls die Rede war – Käpt'n Pit!«

»Aber die Schiffe sind doch alle versenkt worden! Da steht heute ein ganzes Stadtviertel drauf. Dieses Schiff gibt es nicht mehr.«

»Wer weiß? Ich wäre mir da nicht so sicher ...« Justus sah seine Freunde mit blitzenden Augen an. »Das Schiff von Käpt'n Pit«, wiederholte er leise. »Dort soll es an Bord eine kopflose Madonna gegeben haben, was auch immer damit gemeint ist. Und diese Madonna wird ihrem Finder den Weg zu großem Reichtum weisen.«

Peter schüttelte wieder den Kopf. »Aber was für Reichtum? Die Seeleute sind doch alle hiergeblieben, um nach Gold zu schürfen. Die hatten keine Reichtümer an Bord ihrer Schiffe.«

»Schon, Peter«, meinte Bob. »Aber vielleicht hat dieser Käpt'n Pit, wenn er hier reich genug geworden war, sich ja einen Spaß erlaubt und eine Art Schatzkarte hinterlassen?«

»Die Frage dabei ist vor allem: Wer war dieser Käpt'n Pit?«, sagte Justus. »Und wo lag sein Schiff, das wahrscheinlich *Santa Anna* hieß, als es versenkt wurde?«

»Oh, Freunde!«, stöhnte Peter. »Ein Schiff begraben unter einem Großstadtviertel. So etwas Verrücktes habe ich ja noch nie gehört.«

»Immerhin könnte das aber erklären, woher der Unbekannte auf dem Filmgelände aufgetaucht ist«, sagte Justus langsam. »Vielleicht war dieser Mann im zerrissenen Mantel nämlich gar nicht *in* dem Hochhaus, sondern kam *aus der Erde darunter* ...«

# Überfall

Als die drei ??? das Museum verließen, wollte sich Justus noch einmal an den Mann an der Kasse wenden. Doch zu seinem Erstaunen war das Kassenhäuschen leer.

»Wo ist er denn hin? Man verschwindet doch nicht einfach so von der Kasse«, wunderte sich Bob.

»Das verstehe ich auch nicht«, sagte Justus. »Er wollte doch sogar wissen, ob wir etwas herausbekommen haben.«

Hinter den drei ??? ertönte ein Geräusch. Peter fuhr herum. »Da!«, rief er. »Achtung!« Hinter ihnen raste vom Parkplatz des Museums ein seltsames Gefährt heran. Es war ein Drehstuhl, auf dem der Museumswärter saß. Er war gefesselt, trug einen Knebel im Mund und rollte wild mit den Augen. »Hmmm, hmm, hmmm …«, stöhnte er verzweifelt.

Das merkwürdige Gefährt raste mit Schwung auf die drei Freunde zu.

»Zur Seite!«, brüllte Peter. Aber Justus hielt ihn am Arm fest. »Nein! Wir müssen ihn aufhalten, sonst prallt er ja gegen die Wand und tut sich weh!« Justus hatte recht. Direkt hinter den drei ??? befand sich das Kassenhäuschen, und der Mann raste genau darauf zu.

Peter schluckte und nickte. »Okay, dann wird es *uns* wehtun, aber wir machen es!«

Die drei ??? stellten sich eng zusammen und streckten die Arme aus, um dem alten Mann zu helfen. Doch dann geschah etwas, womit keiner der Freunde gerechnet hatte. In dem Moment, als der Mann auf seinem Drehstuhl gegen sie prallte, und die drei ??? ihn festhielten, sprang eine Gestalt in einem zerlumpten Mantel aus dem Gebüsch. »Her mit dem Beutel«, fauchte der Mann Justus an. »Du hast meinen Beutel mit dem Brief. Gib ihn mir sofort zurück!«

Doch Justus Jonas blieb gelassen. »Ach, ich dachte, Sie sprechen kein Amerikanisch – aber das tun sie ja offenbar doch! Warum haben Sie denn gegenüber Mr Pitschking so getan, als würden Sie ihn nicht verstehen?«

»Pitschking!« Der Mann spuckte auf den Boden. »Pitschking ist ein Betrüger, ein Dieb, einer, der den Hals nie voll genug kriegen kann. Aber *ich* bin der ehrliche Erbe ...« Er stockte und hielt inne.

»Der ehrliche Erbe wovon?«, fragte Justus schnell.

»Das geht dich nichts an!«, rief der Mann. »Du bist auch nur hinter dem Gold her. Wie alle! Ihr wollt alle nur reich werden und es euch gut gehen lassen. Aber ich kämpfe für die Gerechtigkeit.«

»Welche Gerechtigkeit denn?«, rief Peter. »Sie haben gerade einen Mann gefesselt und geknebelt und dann auf einem Drehstuhl auf uns zugeschoben. Wenn wir nicht sehr aufgepasst hätten, hätten er und wir uns böse verletzen können.«

»Ach was! Ein Mann auf einem Drehstuhl, da tut sich keiner weh!«, rief der Unbekannte. »Ich wollte euch nur zu Boden werfen, um meinen Beutel wiederzubekommen. Denn ihr müsst ihn gefunden haben, sonst wärt ihr nicht hier!«

»Das stimmt, Sir«, sagte Bob. »Aber das Rätsel in Ihrem Beutel haben wir noch nicht ganz verstanden.«

»Das müsst ihr auch nicht. Es reicht, wenn *ich* es verstehe.«

»Aber warum?«, fragte Justus weiter. »Was verbirgt sich unter dem Hochhaus in Down Town? Und was haben Sie und Mr Pitschking damit zu tun?«

»Unter dem Hochhaus ... ihr wisst also ...« Der Mann hielt sich erstaunt die Hand vor den Mund. »Habt *ihr* etwa die Urkunde?«

»Welche Urkunde?«, fragte Justus. »Meinen Sie die, die hier im Museum in der Vitrine fehlt? Geht es dabei vielleicht um die Parzelle, auf der das Hochhaus stand? Hat sie jemand gestohlen?«

»Gestohlen, ach was!«, fauchte der Mann. »Sie ist gekauft. Manche Menschen haben leider sehr viel mehr Geld als andere. Und damit können sie sich sogar alte Urkunden aus einem Museum kaufen. Aber die wahren Besitzer des Schatzes von Käpt'n Pit sind wir.«

»*Wir*?«, hakte Bob nach.

»Wir, die Bewohner von ...« Der Mann schwieg. Dann sagte er: »Das geht euch genauso wenig etwas an, wie die Frage, wer ich bin. Also: Gebt mir meinen Brief zurück!«

Doch Justus schüttelte den Kopf. »Nein, Sir! Sie haben versucht, uns den Brief mit einer unfairen Aktion zu entwenden. Das spricht nicht für Sie.

Wenn Sie ehrliche Absichten haben, dann müssen Sie uns schon die ganze Wahrheit sagen.«

»Schert euch zum Teufel!« Der Mann drohte den drei ??? mit der Faust. »Ich werde meinen Weg auch ohne den Brief finden. Aber ihr findet gar nichts! Und wehe, ihr versucht, mir zu folgen. Es würde euch schlecht bekommen.« Der Mann im zerlumpten Mantel drehte sich abrupt um und rannte davon.

# Verdacht

»Hmmm … hmmm«, stöhnte der Museumswärter. Schnell zog ihm Justus den Knebel aus dem Mund und löste seine Fesseln. Stöhnend erhob sich der Mann von seinem Drehstuhl. »So ein ungehobelter Rowdy! Was die Menschen sich heute erlauben ist wirklich unglaublich. Aber was war denn das für eine Sache mit dem Brief?«

»Das wissen wir auch nicht genau«, sagte Justus rasch. »Aber es geht wohl um eine sehr alte Geschichte.«

»Danke jedenfalls, dass ihr mir geholfen habt.«

»Keine Ursache, Sir«, entgegnete Justus. »Aber sagen Sie, was hat es mit der Geschichte dieser Urkunde genau auf sich?«

»Ach ja«, murmelte der Museumswärter, »das ist eine seltsame Sache. Als Mr Pitschking das Museum unterstützt hat, hat er darum gebeten, sich eine der alten Besitzurkunden von *Yerba Buena* aussuchen zu dürfen.«

»Und was bedeutet das, Sir?«

»Es war die Urkunde für das Land, auf der sein Hochhaus stand«, erklärte der alte Mann. »Die alten Besitzurkunden haben zwar alle schon längst keine Gültigkeit mehr, aber irgendwie ist es Mr Pitschking gelungen, mit seiner die Drehgenehmi-

gung für den Einsturz des alten Hochhauses zu bekommen, als dieses abgerissen werden sollte. Es gab wohl auch andere Interessenten, aber die Urkunde scheint bei der Stadtverwaltung den Ausschlag gegeben zu haben.«

»Und so konnte er auf dem Gelände nach etwas suchen, was er dort zu finden hoffte«, sagte Justus leise zu Bob und Peter.

»Ja, denn da unten liegt vielleicht noch das Schiff von diesem Kapitän Pit, die *Santa Anna*«, nickte Bob.

»Was sagt ihr?«, fragte der Museumswärter.

»Nichts, gar nichts, Sir«, antwortete Justus laut. »Aber noch eine Frage: Sagt Ihnen der Name Käpt'n Pit etwas?«

Der alte Mann nickte. »Natürlich! Er war ein Pirat und hat angeblich einen Goldschatz aus den Sümpfen von Florida gestohlen, mit dem er hierher geflüchtet sein soll. Und den soll er auf seinem Schiff versteckt haben, als seine Mannschaft beim Ausbruch des Goldrauschs auf die Goldfelder abwanderte. Er selbst ist dabei sehr reich geworden. Er starb als angesehener Unternehmer in San Francisco.«

»Käpt'n Pit wurde also vom Piraten zum Geschäftsmann?«, fragte Peter verblüfft.

»Aber ja, das gab es damals häufig! Was sein Schiff angeht, so weiß niemand, wo die *Santa Anna* geblieben ist. Er soll sie damals zwischen den Hunderten alten Seglern verborgen haben, die verlassen vor der Küste lagen. Und außerdem soll er ihren Namen von den Planken entfernt haben, sodass sie so gut wie unauffindbar war.«

»Sir, vielen Dank! Sie haben uns sehr geholfen!« Justus reichte dem alten Museumswärter die Hand. »Wir hoffen, dass Sie sich von dem Schock mit dem Drehstuhl erholt haben.«

»Ja, ja!« Der Museumswärter nickte. »Es gibt so viele Spinner hier, zum Glück ist ja nichts passiert. Aber jetzt muss ich zurück an die Museumskasse.« Er verabschiedete sich von den drei ??? und ging davon.

Als die Freunde wieder alleine waren, sagte Peter: »Es gab also wirklich ein Schiff namens *Santa Anna*, und sein Kapitän war dieser Pit. Und an Bord dieses Schiffes ist ein Piratenschatz.«

»Oder ein Hinweis darauf, wo der Schatz zu finden ist«, lächelte Justus. »Jetzt wird mir allmählich einiges klar. Dieser Mann im zerlumpten Mantel sucht den Hinweis. Und Mr Pitschking möglicherweise auch.«

»Richtig«, rief Bob. »Und der hat das Land in seinen Besitz gebracht, wo vielleicht die *Santa Anna* ...«

»... unter der Erde liegt«, vollendete Peter den Satz. »Jetzt habe ich das auch verstanden. Aber wie kommen wir da hin? Das Haus ist doch eingestürzt. Da liegt alles voller Trümmer.«

»Wir müssen unter die Trümmer«, sagte Justus. »Nur dort kann sich unser Ziel befinden. Und eins ist klar: Da der Mann im zerlumpten Mantel darunter hervorgekommen ist, und es also logischerweise irgendwo dort einen Ausgang aus der

Unterwelt gibt, muss es dort auch irgendwo einen Eingang geben.«

»Ja«, stimmte Bob zu.

»Dann versuchen wir es«, schlug Justus vor. Er sah seine Freunde an.

»Ich bin dabei«, sagte Bob aufgeregt.

»Ich auch«, nickte Peter. »Aber bevor wir unter einem eingestürzten Wolkenkratzer auf einem angeblichen Schiffsfriedhof nach einem alten Piratenschiff suchen, will ich, dass wir uns entsprechend sicher ausrüsten.«

»Das wäre natürlich auch mein Vorschlag gewesen«, sagte Justus.

Peter grinste zufrieden. »Gut, dann steht uns ja nichts mehr im Wege.«

# Unter der Erde

Als die drei ??? in der folgenden Nacht in Turnschuhen, Taucheranzügen und jeder mit einer großen Sauerstoffflasche auf dem Rücken beim Filmgelände auftauchten, sah Justus seinen Freund Peter schräg von der Seite an. »Bist du dir sicher, dass unsere Montur nicht etwas übertrieben ist? Hätten es ein paar Taschenlampen und Seile nicht auch getan?«

»Niemals, Just!«, widersprach Peter. »Unter der Erde kann es genauso gefährlich sein wie unter Wasser. Und ich bin froh, dass wir uns diese Ausrüstung im Hotel ausleihen konnten. Die sind dort ja gut mit allen Sportartikeln zum Klettern und glücklicherweise auch zum Tauchen bestückt.«

»Hoffentlich machen wir nichts kaputt«, murmelte Justus. »Dann müssten wir das morgen früh nämlich erklären. Und dann würden auch dein Vater, Onkel Titus und Tante Mathilda herausfinden, dass wir uns heute Nacht weggeschlichen haben.«

»Nun streitet euch nicht!« Bob zeigte auf einen Wachmann, der in einem Häuschen am Rande des Filmgeländes saß und in einer Zeitung las. »Wie kommen wir denn an dem unbemerkt vorbei?«

»Kein Problem«, antwortete Peter. »In den dunklen Anzügen sind wir so gut wie unsichtbar. Wir schleichen uns einfach von Deckung zu Deckung, dann sieht er uns nicht. Niemand erwartet, dass sich ein Mensch nachts über eine Bauruine schleicht. Seht ihr den Bagger da hinten, den Steinhaufen in der Mitte und hier vorne den Wohnwagen? Das sind gute Deckungspunkte. Wenn wir uns da entlangbewegen, wird er uns nicht bemerken.«

Peter behielt recht. Die Freunde huschten wie Schatten über den Platz und traten dabei so vorsichtig und leichtfüßig auf, wie sie nur konnten. Lautlos gelangten sie dicht vor das ehemalige Hochhaus. Selbst in seinem jetzigen Zustand ragte es noch wie eine steile Bergwand vor ihnen auf. Als sie dicht an der Stelle waren, wo am Tag zuvor der Unbekannte aufgetaucht war, hockte sich Justus auf die Erde und überlegte. »Erinnert ihr euch, von wo der seltsame Mann genau kam?«

»Ja!« Bob zeigte nach links. »Von dort aus der Staubwolke.«

»So erinnere ich mich auch«, bestätigte Peter Bobs Worte.

»Dann lasst uns dort nach einem Eingang suchen«, flüsterte Justus.

Die drei ??? liefen geduckt weiter und erreichten eine leere Fläche vor den Trümmern. Der Boden war ungepflastert, aber festgetreten.

»Hier ist überhaupt nichts.« Peter schüttelte den Kopf. Doch plötzlich deutet Bob auf einen Gullydeckel, der einsam in einer kleinen Senke zwischen einigen Grasbüscheln lag. »Und was ist damit?«

»Das ist ein ganz gewöhnlicher Gully!«

»Ja, aber ein Gullyschacht führt in die Tiefe. Und da wollen wir ja hin.« Justus kroch auf den Gullydeckel zu. »Hm«, meinte er dann, »seht euch das an.

Dieser Gully liegt viel tiefer als normal. Er hat einen richtigen kleinen Krater um sich. Und es sieht so aus, als sei der Boden ringsum weggeschaufelt worden. Ich vermute, dass dieser Eingang erst vor Kurzem freigelegt worden ist.«

»Aber, Freunde«, meinte Peter, »so ein Gully führt üblicherweise in die Kanalisation. Und obwohl ich einen Taucheranzug anhabe, verspüre ich nicht die geringste Lust, ihr-wisst-schon-wohin zu klettern.«

»Hm«, flüsterte Justus. »Das ist interessant, was du da sagst, Peter. Denn obwohl ich mich gerade mit meiner Nase genau über dem Gullydeckel befinde, kann ich nichts riechen, das deine Befürchtungen bestätigen könnte! Und jetzt komm mal her und hilf mir!«

Justus griff mit den Fingern beider Hände in den Gullydeckel und begann, daran zu ziehen. Bob und Peter krochen neben ihn und halfen, die schwere Eisenplatte aus ihrer Versenkung zu lösen. Beim dritten Versuch schafften sie es. Vorsichtig legten sie den Deckel zur Seite. Vor den drei Freunden gähnte ein viereckiges, dunkles Loch im Boden.

»Du hast recht, Justus«, sagte Bob leise. »Da unten riecht es überhaupt nicht nach Kanalisation. Es riecht eher nach Salzwasser und Meer. Das ist merkwürdig. Denn der Ozean ist von hier noch ein ganzes Stück entfernt.«

# Die Spur des Piraten

Nacheinander stiegen die drei ??? viele Eisenstreben hinab, die wie Leitersprossen in eine gemauerte Wand eingelassen waren. Diese führten allerdings wesentlich tiefer, als es bei einem gewöhnlichen Gully zu erwarten gewesen wäre. Und mit jedem Schritt nahm der Geruch nach Meerwasser zu.

»Geht das aber tief runter!«, stöhnte Peter nach einer Weile. Er knipste seine Taschenlampe an. Bob und Justus nickten wortlos. Jeder von ihnen klammerte sich fest an die Streben. Endlich erreichten die Freunde den Boden. Hier erinnerte nichts mehr an eine gewöhnliche Kanalisation. Dafür roch es jetzt stark nach Ozean.

Die drei sahen sich um. Vor ihnen lag ein langer Gang, der alle paar Meter mit dicken Holzbalken abgestützt war. Ab und zu führten Eingänge in dunkle Seitenarme. Die drei ??? gingen zur ersten Öffnung und sahen hinein. Doch es handelte sich nur um eine leere Höhle.

»Wo sind wir denn hier gelandet? Das sieht ja aus wie ein altes Bergwerk«, staunte Bob. Dicht aneinandergedrängt gingen sie weiter. Nach einigen Metern zog Peter eine Rolle Garn aus der Tasche und befestigte den Faden an einem Holzbalken. Dann ließ er ihn langsam abrollen. »Nur zur Sicherheit«, murmelte er. »Falls die Batterien unserer Taschenlampen schlappmachen, finden wir auch im Dunkeln zurück.«

Sie erreichten eine weitere große Öffnung. Justus leuchtete hinein. Diesmal lag eine schräge hölzerne Wand aus verrotteten Planken vor ihnen. Und darin klaffte ein großes Loch. Die Holzreste waren nach innen in den Raum gefallen, und an den Rändern waren die Überreste von Muschelschalen zu erkennen.

»Das ist eine Schiffswand«, entfuhr es Bob. »Aber was ist das für ein Loch?«

»Vielleicht wurde es reingeschlagen, um das Schiff zu versenken«, meinte Peter. »Und das bedeutet, wir befinden uns hier in einem alten Schiff!«

Er ging ein paar Schritte weiter in den ehemaligen Schiffsbauch hinein. »Wo ist denn nur das ganze Wasser hin?«

»Ganz einfach, Peter«, erklärte Justus. »Der Ozean ist im Lauf der Jahrhunderte durch Landgewinnung und Dämme immer weiter zurückgedrängt worden. Irgendwann sind dann hier unten offenbar Höhlen in den Schiffswracks entstanden.« Er ging vorsichtig auf das Loch zu und deutete auf das Erdreich dahinter. »Da ist der Boden ganz fest! Es scheint lediglich einige Gänge zu geben, die von dem Hauptgang abführen. Vermutlich gab es hier schon Schatzsucher oder Archäologen, die gegraben haben. Das zeigen die Stützbalken.«

»Und wie sollen wir hier jemals ein bestimmtes Schiff finden?« Peter fasste sich an den Kopf. »Alleine hier unten zu graben, würde Jahrzehnte dauern, selbst wenn wir die richtige Ausrüstung hätten.«

»Einen Moment, Peter!« Justus fasste sich an

die Unterlippe und begann, sie nachdenklich zu kneten. Als er wieder aufblickte, leuchteten seine Augen. »Wir müssen davon ausgehen, dass die *Santa Anna* sich unter dem ehemaligen Hochhaus befindet. Also hier in der Nähe. Darauf deutet sowohl hin, dass der Mann im zerlumpten Mantel von hier gekommen ist, wie auch, dass Mr Pitschking ausgerechnet dieses Stück Land haben wollte. Gleichzeitig dürfte klar sein, dass das Schiff noch nicht entdeckt worden ist, denn sonst würde hier niemand mehr suchen. Und das bedeutet, wir haben eine Chance, den alten Segler im Umkreis von einigen hundert Metern zu entdecken.«

»Aber hundert Meter unter der Erde sind wie die Unendlichkeit«, hielt ihm Peter entgegen.

»Sehr richtig, Peter. Aber wir wissen noch etwas. Käpt'n Pit ist ziemlich wahrscheinlich als Letzter von Bord seines Schiffes gegangen. Und er hat bewusst einen Hinweis gegeben, wonach zu suchen ist. Und den hat er so beschrieben: *Folge der Spur des Piraten.* Und das heißt, es muss eine Spur geben.« Justus lächelte.

»Und was bitte ist die Spur des Piraten?«, wollte Peter wissen.

»Nun«, Justus deutete auf das Loch in der Schiffswand, »meiner bescheidenen Kenntnis nach handelt es sich beim Piratenhandwerk darum, andere Schiffe zu jagen und zu kapern. Und dabei werden auch oft Kanonen eingesetzt. Und dieses Loch in der Schiffswand sieht so aus, als könnte es von einer Kanonenkugel stammen. Es ist nämlich nicht leicht, solche Schiffsplanken zu zerstören.«

»Und was soll das bitte heißen?« Peter verzog fragend das Gesicht.

»Dass wir der Spur der Kanonenkugel folgen müssen«, sagte Justus mit einem breiten Grinsen. »Wenn man sich das Loch nämlich genau ansieht, dann sieht man, dass es von außen in das Holz gebracht wurde. Das erkennt man an den Rändern. Wäre es von innen ins Holz geschlagen worden, müsste das Holz in die andere Richtung ausgefranst sein! Und wisst ihr, was ich glaube? Diese Kanonenkugel wurde von der *Santa Anna* abgefeuert – und deswegen muss diese *hinter* diesem Loch liegen.«

# Die kopflose Madonna

Die drei ??? verließen den alten Schiffsbauch und traten zurück in den Gang. Sie folgten diesem und blickten in jede der abzweigenden Öffnungen. In der nächsten sahen sie wieder nur einen leeren, dunklen Schacht, der nach ein paar Metern endete. Im dritten aber entdeckten sie erneut eine Schiffswand, und wieder war in dieser ein Loch, das nach innen ausgefranst war.

»Wir sind auf dem richtigen Weg«, freute sich Justus. Im vierten Seitengang trafen sie auch wieder auf eine Schiffswand und ein Stück vom Rumpf, auch diesmal war das Holz verrottet, doch ohne Durchschuss.

Bob hob den Kopf. »Wenn deine Theorie stimmt, Just, dann könnte das hier die *Santa Anna* sein, denn hier ist kein Loch.«

Doch Justus schüttelte den Kopf. »Nein, seht mal, wir sind hier sehr tief unten in einem Schiff, so wie es hier aussieht. Die Kanone, von der die Kugel abgefeuert wurde, war bestimmt nicht so tief im Schiff verborgen. Deswegen vermute ich, dass die *Santa Anna* zwischen dem dritten und dem vierten Abzweig liegt.«

»Und wie kommen wir an sie ran?«, fragte Peter ängstlich. »Da war nämlich kein Gang!«

»Durch das letzte Loch«, gab Justus zurück. »Von dort graben wir weiter und sehen nach.«

Die drei Freunde kehrten um und gingen zu dem vorigen Kanonenloch zurück. Justus trat sofort an es heran und begann, mit der Hand an den Rändern herumzutasten. »Es hilft nichts«, meinte er nach einem Moment. »Wir müssen vorsichtig ein Stück weitergraben!«

Er holte einen Klappspaten aus seinem Rucksack und setzte diesen an. Peter und Bob legten ihre Lampen ab und taten dasselbe. Spatenstich für Spatenstich arbeiteten die drei ??? sich vor. Doch schon nach den ersten zwanzig Zentimetern stießen sie nicht mehr auf Erdreich oder Sand, sondern auf etwas Festes.

»Was ist denn das?« Bob leuchtete in das Loch vor ihnen. In der festen Erde schimmerte etwas, das wie altes, verrostetes Eisen aussah.

»Wir sind auf der richtigen Spur!«, jubelte Justus. »Ich habe da so eine Idee …«

Schnell gruben die Freunde weiter. Und nach wenigen Spatenstichen lag plötzlich die Vorderseite eines alten Kanonenrohrs vor ihnen. Es war vollkommen verrostet, und in der Mitte gähnte ein schwarzes Loch.

»So dicht lagen die Schiffe hier also nebeneinander, das habe ich mir doch gedacht«, meinte Justus. »Sie waren direkt eins neben dem andern, Schiffswand an Schiffswand.«

»Aber wo soll jetzt diese kopflose Madonna sein?«, fragte Bob. »Wir können doch nicht alles hier durchgraben!«

»Oh, da gibt es eigentlich nur eine Lösung«, gab Justus zurück. »Dort, wo die Spur des Piraten beginnt!« Er streckte den Arm aus und fasste, so tief er konnte, in das Kanonenrohr.

Erwartungsvoll sahen Peter und Bob ihn an. Und?«

Auf Justus' Gesicht breitete sich ein Lächeln aus. »Ich fühle etwas«, sagte er ruhig. Dann zog er den Arm wieder zurück. An seinem Ärmel klebten Staub und Roststückchen, doch zwischen den Fingern hielt Justus eine kleine Statue in einem blauen Mantel über einem roten Kleid. Die Figur hatte ein wunderschönes, liebevolles Gesicht. Und sie hielt ein kleines Kind im Arm.

»Eine Madonna«, sagte Bob andächtig. »Und eine wunderschöne dazu.«

»Ja, sie sieht aus wie ein echtes Kunstwerk.« Justus strich der Figur über den Kopf.

»Aber sie ist nicht kopflos«, meinte Peter. »Und in dem Brief hieß es doch: die kopflose Madonna. Heißt das etwa, wir müssen der Figur jetzt den Kopf abschlagen, um etwas zu finden?«

Justus zuckte zusammen. »Peter, so einem schönen und sicher auch kostbaren Kunstwerk würde ich niemals den Kopf abhauen. Das wäre eine Sünde.«

»Und was meinte der Pirat dann?« Hilflos sah Peter seine Freunde an. »Denn alles, was du sagst, ist richtig, nur kopflos ist diese Madonna eben nicht.«

»Dann ist sie vielleicht nicht die richtige Spur«, erwiderte Justus nachdenklich. *Geh an Bord der Santa Anna in Yerba Buena. Folge dort der Spur des Piraten und suche die kopflose Madonna.* Das ist eindeutig. *Santa Anna* hieß das Schiff von Käpt'n Pit, und der Spur des Piraten sind wir gefolgt. Auch eine Madonna ist hier, aber sie ist nicht kopflos. Hm, kopflos ... Was bedeutet das Wort, Freunde? Was fällt euch ein?«

»Was soll mir schon zu einer kopflosen Madonna einfallen?«, brummte Peter. »Das, was jeder denken würde: Eine Madonna ohne Kopf eben.«

»Es könnte auch eine verwirrte Madonna sein«, meinte Bob. »*Kopflos sein* bedeutet doch auch: den Kopf verlieren, nicht mehr klar denken können, ängstlich oder panisch sein.«

»Sehr gut, Bob!«, stimmte Justus zu. » Und mir fällt gerade noch etwas auf. Käpt'n Pit hat doch den Namen der *Santa Anna* ausgelöscht, ehe er das Schiff verließ. Das hat uns der alte Museumswärter erzählt. Ich dachte bisher, er habe das getan, um das Schiff schwer auffindbar zu machen. Aber vielleicht ist dieser Gedanke falsch. Denn wenn ein Schiff ohne Namen ist, ist es natürlich nicht mehr die *Santa Anna*. Es ist einfach nur noch ein Schiff, das früher einmal so hieß.«

»Und warum haben wir dann hier die Spur des Piraten gefunden, die Bahn der Kanonenkugel? Und eine Madonna?«, fragte Peter. »Und außerdem, Just, wo sonst wird es einen Ort namens *Yerba Buena* geben, außer hier?«

»Ich weiß es noch nicht, Peter«, sagte Justus. »Aber wir sind ganz offenbar auf eine Spur gestoßen, die gleichzeitig in die Irre und vielleicht auch zum Ziel führt, wenn man sie richtig deutet. Und wenn wir all das bedenken, was wir bisher herausgefunden haben, dann wissen wir jetzt auf alle Fälle, dass dieses Schiff hier mit *Santa Anna* nicht gemeint war. Und dass diese Figur hier eben auch nicht die kopflose Madonna ist. Und jetzt passt auf.« Justus hob die Figur an und schüttelte sie leicht.

»Was machst du da?« Verwundert sah Peter ihm zu.

»Seid leise!« Justus schüttelte die Figur erneut. »Könnt ihr irgendetwas hören?«

»Nein«, sagte Bob.

Justus lächelte. »Gut, ich auch nicht! Und normalerweise würde man ja wohl denken, dass der nächste Hinweis in der Figur versteckt ist. Eine Schatzkarte zum Beispiel. Aber ich wette, selbst wenn wir die Figur röntgen lassen würden, würde sich zeigen, dass es sich einfach nur um eine wunderschöne Madonna handelt. Und das bedeutet, dass wir der falschen Spur des Piraten zur falschen *Santa Anna* an den falschen Ort gefolgt sind, um dann dort eine Madonna *mit* Kopf zu finden. Käpt'n Pit muss das alles miteingeplant haben. Und das heißt, wir müssen noch einmal ganz von vorne anfangen.«

»Oh, nein!«, stöhnte Peter. »Aber wo sollen wir denn noch einmal anfangen?«

»Bei der Spur des Piraten«, erklärte Justus.

»Und wo soll diese Spur beginnen?« Peter breitete fragend die Arme aus.

»Frag lieber, wo sie hinführt«, sagte Justus.

Plötzlich schlug sich Bob vor die Stirn. »Jetzt weiß ich, was du meinst, Just! Na klar! Da die *Santa Anna* hier nicht mehr die *Santa Anna* ist, muss es eine andere *Santa Anna* an einem anderen *Yerba Buena* geben.«

»Richtig, Bob!« Justus schlug ihm auf die Schulter. »Und wenn mich nicht alles täuscht, dann handelt es sich dabei um eine Insel oder das Piratennest, wo Käpt'n Pit gehaust hat. Jeder Pirat braucht einen Rückzugsort! Und wir müssen jetzt den von Käpt'n Pit finden.«

»Mensch Leute, das klingt logisch!« Bob ballte unternehmungslustig die Faust.

»Und dort müssen wir dann die wirklich kopflose Madonna suchen.« Inzwischen hatte der Gedanke auch Peter gepackt. Der sportliche Junge grinste. »Dann machen wir uns sofort auf die Suche! Die Dunkelheit hier unten geht mir nämlich allmählich auf die Nerven.« Peter drehte sich um und verließ den ehemaligen Schiffsbauch.

»Ja«, nickte Justus. »Tun wir das. Auf uns wartet draußen jede Menge Arbeit!«

# Gefangen

Wenig später erreichten die Freunde die Eisensprossen, die in dem gemauerten Schacht in die Höhe führten. Rasch stiegen sie hinauf. Oben angekommen erwartete sie jedoch eine böse Überraschung. »Das Gitter!«, stieß Peter hervor, der als Erster kletterte. »Jemand hat es in die Öffnung gelegt!«

»Was?!« Justus, der direkt hinter ihm kam, erstarrte. »Dann hat jemand mitbekommen, dass wir hier sind.«

»So ist es«, flüsterte in diesem Augenblick eine Stimme von oben aus der Dunkelheit. »Und ich hoffe, dass du Erfolg hattest, dort wo du warst.«

»Hallo?«, fragte Justus. »Wer spricht denn da?«

»Als ob du das nicht wüsstest, lieber Rivale. Aber diesmal bin ich dir zuvorgekommen. Ich habe dich gehört. Führst du Selbstgespräche? Das ist wirklich hübsch. Aber das wird dich nicht retten. Du sitzt fest, mein Lieber. Geschickt, wie du aus dem Krankenhaus abgehauen bist. Aber ich wusste, dass du zurückkommst, und ich habe mich auf die Lauer gelegt. Allerdings muss ich zugeben, ohne den offenen Gullydeckel hätte ich nichts gemerkt. Du bewegst dich wie ein Dieb in der Nacht. Aber das bist du ja auch. Und jetzt her mit der Schatzkarte!«

Justus sah Bob und Peter an. »Seid leise«, flüsterte er kaum hörbar. »Der Mann dort oben verwechselt mich und denkt, ich bin alleine hier.« Dann reichte er Peter die Madonna und sagte laut durch den Gullideckel: »Wer auch immer Sie sind, ich habe keine Schatzkarte, nur eine sehr kostbare Figur!«

»Eine Figur? Was für eine Figur? Das muss der Hinweis sein, nach dem ich schon so lange suche.«

»Ich kann ihn aber nicht entschlüsseln«, sagte Justus. »Und die Figur ist auch kein Behälter.«

»Das überlässt du schön mir, das herauszufinden! Her mit der Figur, sonst lasse ich dich da unten verschmoren.«

»Schon gut, hier ist das wertvolle Stück«, rief Justus laut. Er gab Peter ein Zeichen, die Madonnenfigur durch das Gitter nach oben zu schieben. Eine Hand ergriff die Madonna und nahm sie ihm weg.

Dann lachte jemand draußen in der Dunkelheit laut und hämisch: »Gewonnen! Ich danke dir, mein freundlicher Widersacher. Dann trennen sich hier unsere Wege. Danke für deine Hilfe!«

Plötzlich schob sich eine Eisenstange durch das Gitter, und dieses wurde aus seiner Vertiefung gehebelt. Doch als Peter gleich darauf den Kopf ins Freie steckte, sah er nur einen dunklen Schatten davoneilen. Schnell kletterten die drei ??? ins Freie.

»Wer war das?«, flüsterte Peter.

»Keine Ahnung«, sagte Justus. »Aber offensichtlich jemand, der auch hinter dem Schatz her ist und uns für den Mann im zerlumpten Mantel gehalten hat.«

»Und das ist noch nicht alles«, fauchte Peter. »Denn wer auch immer uns hier eingesperrt hat, hat damit gedroht, uns hier unten verschmoren zu lassen. Bei allem, was hier geschieht, wird eindeutig mit unsauberen Mitteln gearbeitet!«

»Vielleicht ist es ja Mr Pitschking gewesen?«, mutmaßte Bob. »Er kommt doch im Grunde als Einziger in Frage. Immerhin gehört ihm dieses Gelände, oder es steht ihm zumindest für eine Zeit zur Verfügung. Vielleicht sind er und der Mann im zerlumpten Mantel beide hinter dem Schatz her?!«

»Uff!«, stöhnte Peter. »Und wir sind mitten zwischen die Fronten geraten. Das kann ja heiter werden.«

»Immerhin wissen wir jetzt mehr als vorher. Das ist doch nicht schlecht«, lächelte Justus. »Auch wenn du vollkommen recht hast, Peter. Zumindest einer der Schatzsucher schreckt nicht davor zurück, Menschen auf seiner Jagd nach dem Schatz in Gefahr zu bringen. Und möglicherweise sind wir mit unserem Wissen ja allen beiden immer noch ein Stück voraus. Diesen Vorsprung sollten wir nutzen! Wir müssen unbedingt rausbekommen, welche Orte namens *Santa Anna* es gibt.«

»Und wie machen wir das?«, fragte Bob. »Zuhause in Rocky Beach würde ich sofort in die Bibliothek gehen, aber hier ...«

Noch ehe er weitersprechen konnte, leuchteten plötzlich hinter den drei ??? auf dem ganzen Filmgelände helle Scheinwerfer auf. »Aufbruch!«, rief Marvin, Mr Pitschkings Assistent, durch ein Megafon. »Packt alles zusammen, Leute! Die Dreharbeiten sind beendet. Mr Pitschking hat ein Schiff gechartert, das uns zum nächsten Drehort bringen wird. Wir laufen morgen früh aus Richtung *Santa Anna*. Die kleine Insel wird für die nächsten Tage unsere Arbeitsstätte sein.«

Bob fuhr herum. »Das gibt es doch nicht! Das kann doch kein Zufall sein?!«

Justus griff nach seiner Unterlippe. »Freunde, es hat ganz den Anschein, als hätte ich mich geirrt. Nicht wir sind den anderen voraus, sondern die anderen uns. Wir müssen sofort zurück ins Hotel. Wenn wir nicht rechtzeitig dort sind, merken Onkel Titus, Tante Mathilda und dein Vater, Peter, dass wir nicht da sind. Und dann gibt es mächtigen Ärger. Aber wenn wir es schaffen, sie in Sicherheit zu wiegen, dürfen wir vielleicht noch weiter bei den Filmaufnahmen dabei sein – und mit auf die Insel.«

So schnell die drei ??? konnten, schlichen sie sich mitsamt ihrer schweren Ausrüstung vom Filmgelände und weiter zum Zaun, an dem sie die Fahrräder abgestellt hatten, die sich jeder Gast im Hotel umsonst ausleihen konnte. Sie schwangen sich auf die Sättel und radelten schnell zum Hotel zurück. Zum Glück waren um diese Uhrzeit nicht viele Menschen in San Francisco unterwegs, die sich über die drei Jungen in Taucheranzügen auf Fahrrädern wundern konnten.

Als Tante Mathilda die Freunde drei Stunden später weckte, um zu verkünden, dass sie mit Peters Vater noch einige Tage auf eine alte Pirateninsel fahren würden, wunderte sie sich, dass Justus, Peter und Bob nicht in großen Jubel ausbrachen. Aber sie schob es auf das aufregende Leben bei den Dreharbeiten, das die Freunde derzeit erlebten und das ihnen die Sinne zu vernebeln schien.

»Dein Onkel und ich, Justus, fahren heute wieder nach Hause nach Rocky Beach«, erklärte sie. »Mr

Shaw ist ja auf der Insel mit dabei, und auf so einem kleinen Eiland reicht ein Erwachsener, der sich um euch kümmert. Dort ist es ja viel sicherer als in einer so großen Stadt wie San Francisco.«

»Ja, Tante Mathilda«, sagte Justus so ruhig er konnte. »Das glaube ich auch.«

In Wirklichkeit aber ahnten die drei ???, dass ihnen auf der unbekannten Insel *Santa Anna* noch ein gewaltiges Abenteuer bevorstand. Denn der Fall um die kopflose Madonna und den Schatz des Käpt'n Pit war noch lange nicht gelöst ...

# Die unbekannte Insel

Das Schiff, mit dem die Filmcrew auf die Insel *Santa Anna* fuhr, war eine schicke Kreuzfahrtjacht. Mr Pitschking, sein Assistent Marvin und der restliche Stab der Filmcrew saßen mit den Schauspielern in der Kapitänskajüte, während Peters Vater und die Techniker, Kameraleute, Requisiteure, Maskenbildner und Kostümverantwortlichen sich auf dem Deck tummelten. Die drei ??? standen an der Reling und sahen aufs Meer hinaus, als Mr Pitschking plötzlich an Deck erschien und Peters Vater zu sich winkte.

»Mr Shaw, kommen Sie doch bitte einmal zu mir, ich muss etwas Wichtiges mit Ihnen besprechen und brauche Ihren Rat.«

»Los, schnell hinterher«, flüsterte Justus seinen Freunden zu. »Ich will wissen, um was es geht. Wenn Mr Pitschking so dringend die Hilfe eines Fachmanns für Spezialeffekte benötigt, könnte mehr dahinterstecken!«

Die drei ??? beobachteten, wie der Produzent und Regisseur Mr Shaw in eine große Schiffsbibliothek führte. Zum Glück lag diese mit einer Wand Richtung Deck, und ein Bullauge stand offen, durch das Justus, Peter und Bob das Geschehen im Inneren beobachten konnten.

Der Filmregisseur ließ sich in einem schweren Sessel nieder. »Mr Shaw, neben den Spezialeffekten bei den Filmaufnahmen brauche ich noch in einer anderen Angelegenheit Ihre Hilfe auf *Santa*

*Anna.* Sie sollen dort nämlich für mich etwas suchen.«

»Etwas suchen?«, wiederholte Peters Vater verblüfft.

»Ja«, nickte Pitschking. »Und zwar handelt es sich um einen verborgenen Schacht auf der Insel. Sehen Sie, die Sache ist die ...« Er stand auf, trat an eines der Bücherregale und nahm ein Buch heraus. »Dies ist ein alter Reisebericht über *Santa Anna.* Ich habe die Insel vor einiger Zeit für meine Dreharbeiten gekauft und bin dabei zufällig auf ein seltsames Geheimnis gestoßen. Es soll dort irgendwo einen alten Schacht geben, den angeblich ein Pirat als Versteck für seine Schätze genutzt hat. Dieses alberne Seemannsgarn interessiert mich nicht weiter. Aber ich bin sicher, dieser Ort wäre hervorragend für meine Filmaufnahmen geeignet. Deswegen möchte ich, dass mein Assistent Marvin und Sie diesen verborgenen Schacht suchen. Er soll angeblich über die Jahre mit Meerwasser vollgelaufen sein. Aber ich erwarte, dass Sie mit Ihren technischen Fähigkeiten dafür sorgen können, das Wasser abzupumpen, sodass der Schacht wieder zugänglich ist.«

»Aber Mr Pitschking ...«, stotterte Peters Vater, »ich bin doch kein Feuerwehrmann, sondern ...«

»Sie schaffen das schon, Mr Shaw. In dem Schacht soll es übrigens auch einige raffinierte Sicherheitssysteme geben, die mich sehr interessieren«, schnitt ihm der Produzent das Wort ab und stellte das Buch wieder ins Regal zurück. »Sie bekommen das Ganze natürlich gesondert bezahlt. Ich gebe Ihnen 5000 Dollar extra.«

Peters Vater nickte. »Na gut, wenn Sie meinen, dass dieser Schacht wirklich so wichtig ist ...«

»Ja«, erwiderte Pitschking. »Und kein Wort zu niemandem. Sobald wir auf der Insel sind, werden Sie und Marvin sich unauffällig auf die Suche machen. Und sobald Sie den Schacht gefunden haben, holen Sie mich und sorgen mit Ihrem Spezialwissen dafür, dass wir den unterirdischen Gang betreten können.«

»Also gut«, sagte Peters Vater. »Es ist Ihr Film. Eigentlich müsste ich mich ja um die Spezialeffekte für die Aufnahmen der Überschwemmung und den künstlichen Vulkanausbruch kümmern. Und es wird einige Zeit kosten, Ihre zusätzlichen Wünsche zu erfüllen. Wenn sie sich überhaupt erfüllen lassen.«

»Ja, ja«, sagte Mr Pitschking. »Und Zeit ist Geld, ich weiß. Aber Geld habe ich. Und wenn alles so läuft, wie ich mir das vorstelle, dann bin ich danach richtig reich! Dieser Schacht ist es wert, entdeckt zu werden.« Er lachte dröhnend und schlug Peters Vater kameradschaftlich auf die Schulter. Kurz darauf verließen die beiden Männer die Schiffsbibliothek.

»Habt ihr das gehört?« Peter sah seine Freunde fassungslos an. »Dieser Pitschking ist auf der Suche nach dem Piratenschatz. Und mein Vater soll, ohne zu wissen, was er tut, dabei helfen, ihn zu bergen!«

»Nicht dumm«, urteilte Justus. »Schließlich

kennt sich dein Vater mit Tricks und Mechanismen aller Art aus. Warum also sollte er nicht die Fallen einer alten Piratenhöhle aufspüren können. Los, lasst uns nachsehen, was es genau damit auf sich hat. In dem Buch steht bestimmt noch mehr darüber!«

»Du willst da rein?« Peter sah Justus an. »Aber du passt doch gar nicht durch das Bullauge!«

»*Ich* nicht, aber *du* schon!« Justus grinste Peter aufmunternd zu.

# Pfefferminzinsel

»Komm schon, Peter«, forderte Justus ihn auf. »Du schaffst es! Hol das Buch raus, damit wir es uns ansehen können.«

Peter war bleich geworden. Aber da auch Bob unbedingt einen Blick in das Buch werfen wollte, schob er sich schließlich mit dem Kopf voran wie eine Katze durch das offene Bullauge. In der Kabine angelangt, lauschte er kurz und schlich sich, als er nichts hörte, rasch zu dem Regal, in das der Produzent das Buch gestellt hatte. Dann lief er zurück zum Bullauge und wollte wieder herausklettern.

»Halt, warte!« Justus hielt Peter zurück. »Gib uns das Buch raus, wir lesen es gleich, und dann bringst du es sofort wieder an seinen Platz.«

»Und wenn in der Zwischenzeit jemand kommt!?«, fauchte Peter Justus an.

»Dann versteckst du dich einfach unter dem Tisch«, versuchte Justus, ihn zu beruhigen.

»Aber wenn Pitschking kommt, und das Buch

ist nicht an seinem Platz, und er mich dann auch noch unter dem Tisch entdeckt, dann ist alles aus«, jammerte Peter.

»Das wird nicht passieren«, sagte Bob bestimmt. »Komm schon, gib das Buch raus.«

»Okay, meinetwegen«, stimmte Peter missmutig zu. »Aber lest bitte, so schnell ihr könnt!« Er drückte Bob das Buch in die Hand.

Sorgfältig blätterte dieser es durch. *Verlorene Piratenschätze* lautete der Titel. Dann schlug er die Seite mit dem Inhaltsverzeichnis auf. »Ah, hier ist ein Kapitel über *Santa Anna.*« Bob blätterte weiter zur angegebenen Seite. »Da! *Santa Anna*, die wohlduftende Schatzinsel, die ihre Entdecker arm gemacht hat.«

Justus blickte auf. »Wieso wohlduftend?«

Bob kicherte. »Hört euch das an. Die Insel *Santa Anna* war lange Zeit berühmt für ihren Pfefferminzanbau, deswegen heißt sie auch Peppermint-Island, was so viel bedeutet wie Pfefferminzinsel!«

»Pfefferminzinsel«, wiederholte Justus langsam. »Das also steckt dahinter! Pfefferminze – *Yerba Buena* nennen die Mexikaner das Kraut. Jetzt passt alles zusammen.« Justus' Augen leuchteten.

»Aber kann mir einer von euch erklären, warum eine Schatzinsel die Leute arm macht?«, fragte Peter. »Und was das mit all den Dingen zu tun hat, auf die wir unter dem eingestürzten Hochhaus gestoßen sind?«

»Ich glaube schon«, erwiderte Bob, der eifrig weiterlas. »Hier steht, dass viele Leute wissen, dass *Santa Anna* eine Schatzinsel ist. Sie gilt nämlich ganz offiziell als das Versteck, in dem Käpt'n Pit gehaust und seinen berühmten Piratenschatz verborgen haben soll.«

»Aber wieso haben der Mann im zerlumpten Mantel und vermutlich auch der Filmproduzent dann unter dem Hochhaus nach einer Schatzkarte oder sonst einem Hinweis gesucht?«, hakte Peter nach. »Warum sind sie dann nicht gleich zu der Insel gefahren?«

»Weil niemand den Schatz bisher gefunden hat«, antwortete Bob. »Oder vielmehr, weil es niemandem gelungen ist, bis zu ihm vorzudringen.«

»Was?« Peter starrte Bob ungläubig an. »Es kann ja wohl nicht so schwer sein, einen Schatz auszubuddeln, wenn man weiß, wo er ist.«

»Oh, doch!« Bob deutete auf eine Zeichnung. Darauf war ein alter, kahler Baum in einem Pfefferminzfeld zu sehen, an dem ein Flaschenzug hing, über dessen Rollen ein Seil in ein großes Loch im Boden verschwand.

»Diese Zeichnung«, erklärte er, »stammt aus dem Jahr 1872. Damals hat ein Matrose auf *Santa Anna* diesen Flaschenzug entdeckt. Damit war klar, dass irgendjemand irgendwann einmal dort etwas in das Loch im Boden versenkt haben muss. Und Zeichen auf der Insel deuten darauf hin, dass dies Käpt'n Pit gewesen sein könnte. Denn seine Initialen fanden sich unter einem Totenkopf mit gekreuzten Knochen, der in alte Schiffsplanken gebrannt war. Und aus diesen Schiffsplanken hatte man eine alte Hütte gebaut. Damit hört die Spur aber auch auf. Denn weiter sind die Schatzsucher bisher nicht gekommen.«

Justus hatte aufmerksam zugehört. »Du meinst, es gibt dort ein Versteck, aber man kann den Schatz nicht heben?«

»So sieht es aus«, bestätigte Bob. »Es haben schon einige Schatzsucher versucht, aber sie sind alle an den ausgeklügelten Schutzmechanismen gescheitert, die man überwinden muss. Irgendwann haben die Leute es aufgegeben. Es hieß damals, der Schatz sei verflucht, und wer ihn zu heben versuche, der ernte nichts als Unglück! Damit geriet die ganze Sache in Vergessenheit.«

Peter lachte gequält auf. »Was ist das denn für eine irre Geschichte? Geheime Fallen und Unglück? Freunde, ich weiß nicht, ob ich da noch weiter nachforschen möchte.«

Bob blätterte noch einmal ein Stück im Buch zurück. »Moment, hier steht noch etwas. Am tiefsten ist einmal ein Texaner in das Loch vorgedrungen, der mit Ölbohrungen reich geworden war. Er dachte, er könnte mit seinen Bohrtürmen bis zum Schatz gelangen. Aber das war ein Irrtum. Denn jedes Mal, wenn er sich weiter in die Tiefe bohrte, floss aus unterirdisch angelegten Wassertunneln das Bohrloch voll. Und obwohl er sämtliche Pumpen einsetzte, die er besaß, und rund um die Insel nach Zugängen für den Wasserzufluss suchte, gelang es ihm und seinen Leuten nicht, tiefer als sechzig Meter in den Schacht vorzudringen. Genauso wie es alle andern auch nicht geschafft haben.«

»Sehr interessant, Bob«, verkündete Justus. »Das macht einiges klar. Die Insel gehört jetzt offenbar Mr Pitschking. Und er hofft wohl, mit der Madonna, die er uns abgenommen hat, irgendetwas anstellen zu können, was ihm den Weg öffnet. Wenn er sich da mal nicht irrt. Vorausgesetzt, er findet den Schacht überhaupt. Denn er weiß offenbar nicht, wo er sich befindet, sonst hätte er ja Mr Shaw nicht mit der Suche beauftragt. Nun, ich finde jedenfalls, das ist eine gute Ausgangslage für uns. Wir machen uns ebenfalls auf die Suche. Stell das Buch schnell wieder weg, Peter, und komm raus. Danke für deinen Mut.«

Justus und Bob warteten, bis Peter wieder ins Freie geklettert war. Dann stellten sich die drei ??? wieder an die Reling mit Blick aufs Meer. »Tja, Freunde«, meinte Bob, »da werden wir noch eine ganze Menge herausfinden müssen.« Er deutete hinter das Schiff auf die helle Bahn des Kielwassers. »Und es sieht ganz so aus, als wären wir nicht die Einzigen, die das vorhaben. Seht ihr den schwarzen Punkt da hinten. Er folgt uns schon, seit wir abgefahren sind. Und ich vermute, dass es sich dabei um ein kleines Boot handelt.«

»Gut beobachtet, Bob!«, beglückwünschte ihn Justus. »Jede Wette, dass da drin unser Mann mit dem zerlumpten Mantel sitzt.« Justus hielt sich die Hand als Schattenspender über die Augen und blickte in die Richtung, in die Bob gezeigt hatte. »Gut, Freunde, nehmen wir die Herausforderung an, und versuchen wir unser Glück auf der rätselhaften Insel.«

# Auf der Suche

Als das Schiff mit dem Filmteam an der Insel anlegte, befand sich der schwarze Punkt auf dem Ozean immer noch in gleichem Abstand hinter ihnen. Doch das Boot schien niemandem außer den drei ??? aufgefallen zu sein. Die Filmcrew ging munter an Land und machte sich daran, die Szene für den ersten Drehtag aufzubauen.

»Was passiert denn hier auf der Insel genau?«, erkundigte sich Peter bei seinem Vater.

»Wir werden eine Überschwemmung drehen«, erklärte Mr Shaw. »Dafür haben wir riesige Schrauben und eine gewaltige Windmaschine an Bord, die künstliche Wellen Richtung Land treiben. Natürlich wird das Ganze später am Computer nach-

bearbeitet, aber es geht nichts über die richtige Landschaft. Die Lichtverhältnisse sind einfach besser als im Computer. Außerdem werden einige Szenen gedreht, in denen der Held der Geschichte auf eine Vulkaninsel gespült wird, die kurz vor dem Ausbruch steht. Ihr könnt euch das Ganze wieder von der Aussichtsplattform ansehen, die auf dem Hügel dort hinten errichtet wird. Schlafen werden wir alle in meinem Wohnwagen, aber der wird erst im Laufe des Tages abgeladen. Solange könnt ihr euch nach Herzenslust auf der Insel umsehen! Außer unserem Team ist kein Mensch hier.«

Das ließen sich die drei Freunde nicht zweimal sagen. Sie verabschiedeten sich von Peters Vater, der sich an seine Arbeit machte, und erkundeten *Santa Anna*. Die Insel war nicht sehr groß, höchstens drei Kilometer im Durchmesser. In der Mitte erhob sie sich zu einem kleinen Berg, auf dem die Pfefferminzfelder lagen und einen betörenden Duft verbreiteten. Rundherum wechselten sich Sandstrand und graue Klippen ab.

»Am besten, wir machen uns auf die Suche nach dem kahlen Baum, den wir auf der Zeichnung gesehen haben«, schlug Bob vor. »Dort könnten wir dann weiter nach dem Schacht suchen.«

»Wenn es den Baum überhaupt noch gibt. Das Bild in dem Buch ist über hundert Jahre alt«, zweifelte Peter.

»Das stimmt«, fügte Justus hinzu. »Und da auch Mr Pitschking nach dem Schacht sucht, bin ich nicht sicher, ob das der richtige Weg ist. Wenn es den Baum noch gäbe, hätte er ihn längst entdeckt. Aber bevor wir darüber nachdenken, sollten wir zunächst einen hochgelegenen Punkt aufsuchen, um uns einen Überblick über die Insel zu verschaffen.«

Die drei ??? machten sich durch die wilde Pfefferminze an den Aufstieg. »Das ist wirklich merkwürdig«, sagte Bob. »Diese ganze Insel wirkt überhaupt nicht so, als sei hier jemals ein Mensch gewesen, geschweige denn, als hätte hier jemals jemand einen Schatz vergraben. Ich habe immer gedacht, so ein richtiges Piratennest hat bestimmt eine kleine Stadt oder Festung mit einer Mauer darum und einem Hafen davor.«

»Es könnte ja auch eine reine Schatzinsel gewesen sein«, meinte Peter. »Das hätte natürlich auch seinen Vorteil. Komisch übrigens, dass hier gar keine Bäume wachsen, sondern nur Pfefferminze, wie soll denn dann damals ...«

In diesem Moment schlug Justus sich die Hand vor die Stirn. »Peter!«, rief er. »Das stimmt, was du da sagst! Und wisst ihr auch, was das bedeutet? Der Baum, den wir auf der Zeichnung gesehen haben, kann hier gar nicht gewachsen sein! Das Wasser und die Erde auf der Insel scheinen für Bäume nicht auszureichen. Doch jemand hat damals einen Baum benutzt, um den Flaschenzug zu befestigen. In Wirklichkeit wuchs dort aber gar kein Baum. Es war lediglich ein Treibholz oder ein Stamm, den jemand mitgebracht hat, um den Flaschenzug benutzen zu können.«

»Und wonach suchen wir dann?«, fragte Peter.

»Ich weiß es auch noch nicht«, gab Justus nachdenklich zurück. »Aber lasst mich eine Weile nachdenken.«

Die drei ??? liefen weiter Richtung Bergspitze, und bald wurden ihre Schritte an dem immer steileren Hang kürzer. »Das geht aber ordentlich nach oben!«, schnaufte Justus.

»Dann dreh dich mal um, und dir wird sofort wieder leicht ums Herz«, grinste Peter ihm zu.

Justus blieb stehen und tat wie geheißen. Wirklich lachte er im nächsten Moment bei dem Anblick, der sich ihm bot, glücklich auf. Die Freunde waren etwa hundert Meter über dem Meer, und unter ihnen lag der Ozean als grünblau schimmernde Fläche. »Hier sieht man nichts als Wasser, wilde Pfefferminze und Felsen«, sagte Justus versonnen. »Das ist wunderschön!«

Auch Bob und Peter waren stehen geblieben und hielten Ausschau. Unter ihnen wuselten die Mitglieder des Filmteams herum wie Ameisen. Sie bauten Geräte und Kameras an Land auf, und im

Wasser wurden große Wellenmaschinen vom Schiff geladen.

»Da ist Mr Pitschking!« Bob zeigte auf den Regisseur, der wie immer seine blaue Kappe trug. Neben ihm standen sein Assistent Marvin mit der roten Kappe und Peters Vater. Beide trugen Rucksäcke. Mr Pitschking redete, ruderte dabei heftig mit den Armen und zeigte auf die Insel.

»Sieht so aus, als würden die beiden sich jetzt auch auf die Suche nach dem Schacht begeben«, meinte Peter.

Justus fasste sich an die Unterlippe. »Ich frage mich, was Mr Pitschking glaubt, wozu er die Madonnenfigur benutzen kann. Vorausgesetzt, er war es wirklich, der sie uns gestohlen hat.«

»Wir sollten ihn im Auge behalten«, schlug Bob vor.

»Ja«, nickte Justus. »Aber wenn er auf der falschen Spur ist, dann müssen *wir* die richtige finden!« Er deutete aufs Meer. »Seht ihr noch irgendwo das Boot, das uns verfolgt hat?«

Gemeinsam hielten die drei ??? Ausschau. Doch der schwarze Punkt, der die ganze Zeit auf dem Ozean hinter ihnen gewesen war, war verschwunden.

»Und wie machen wir jetzt weiter?«, fragte Peter schließlich. »Hast du inzwischen eine Idee, Just?«

»Ja!« Justus sah auf. »Der Anblick des Meeres hat mir eine Eingebung verschafft! Wir suchen die kopflose Madonna. Irgendwo hier muss sie schließlich sein!«

# Seltsame Klippen

Die nächste Stunde wanderten die drei ??? zunächst weiter, so hoch wie sie konnten, auf den Berg, der sich in der Mitte der Insel erhob. Dann umrundeten sie diesen langsam. Dabei suchten sie aufmerksam nach jeder Spur von Menschenhand. Doch so sehr sie auch aufpassten, nichts auf *Santa Anna* sah danach aus, als hätten hier jemals Menschen gelebt.

»Gut«, sagte Justus schließlich, »die Insel ist wirklich vollkommen verlassen. Und dennoch muss die Spur, die in Käpt'n Pits Brief erwähnt ist, hier zu finden sein. Die Spur des Piraten … Und deswegen bleiben meiner Meinung nach nur die Klippen.« Er deutete auf die Klippenlandschaft, die sich am Meeresufer erhob. »Die müssen wir untersuchen!«

»Wie kommst du denn darauf?«, fragte Peter erstaunt.

»Ganz einfach«, meinte Justus. »Wenn man durch Klippen wandert, sehen diese oft wie etwas

Bestimmtes aus: wie ein Pferd, ein Hund, ein Mensch oder eben eine kopflose Madonna.«

»Du meinst so ähnlich, wie wenn man in Wolken bestimmte Bilder erkennt?«, rief Bob.

»Genau«, nickte Justus. »Das könnte die Lösung des Rätsels sein. Lasst uns also durch die Klippen gehen und einen Felsen suchen, der uns an eine kopflose Madonna erinnert!«

Peter starrte auf die grauen Felsen. »Aber wie soll das gehen? Die Felsen sehen von jeder Richtung vollkommen anders aus! Das ist doch ein Hirngespinst, Just!«

»Nicht, wenn man der Spur des Piraten folgt!«

»Und wo soll die sein?« Jetzt sah auch Bob Justus fragend an.

»Auf der Meerseite natürlich«, erklärte Justus. »Denn ein Pirat nähert sich einer Insel normalerweise auf einem Schiff über den Ozean. Das ist seine Spur. Er muss über das Meer gekommen sein. Und deswegen müssen wir auch von dort aus suchen!«

Bob lachte auf. »Das klingt logisch! Cool, dann brauchen wir nur noch ein Boot!«

Die drei ??? gingen zurück zum Drehgelände und ließen sich dort ein kleines Schlauchboot geben, das nicht gebraucht wurde. Dann begannen sie, die Insel zu umrunden. Als sie den Sandstrand hinter sich ließen und die Klippen erreichten, paddelten sie, so langsam sie konnten, durch die nachmittägliche Dünung. Die meisten Klippen wirkten einfach nur wie graue Steine, die stufenförmig vom Wasser aus zur Insel anstiegen, aber einige sahen wirklich wie Wesen aus.

»Da! Das ist ein alter Mann mit einem Strohhut.« Bob zeigte auf eine Klippe.

»Und da vorne sehe ich eine Großmutter, die mit einem Kind an der Hand spazieren geht«, sagte Peter.

Langsam paddelten die Freunde weiter. Sie entdeckten ein Nashorn, eine Schildkröte und einige Felsen, die zusammen wie ein großer Königsthron aussahen. Und plötzlich erreichten sie eine schlanke, aufragende Felsklippe, die tatsächlich wie eine Madonna mit Kind aussah.

Bob entdeckte sie als Erster. »Peter, Just!«, rief er. »Da!«

Die drei ??? sahen sich strahlend an. »Die Madonna«, sagten sie wie aus einem Munde.

»Und sie sieht genauso aus, wie die Figur, die wir in San Francisco aus dem Kanonenrohr geholt haben«, fügte Bob hinzu. »Das war also der Hinweis.«

»Nur, dass auch diese Madonna einen Kopf hat!«, meinte Peter plötzlich.

»Ja, und den werden wir jetzt einmal genauer unter die Lupe nehmen«, rief Justus. »Ich habe da so eine Ahnung.«

Die Freunde paddelten an Land. Das Lager der Filmcrew war weit genug weg, dass niemand sie sehen konnte, und so machten sie das Schlauchboot unbemerkt an einem Felsen fest und kletterten vorsichtig über die nassen Steine.

Der madonnenförmige Felsen sah aus der Nähe schon gar nicht mehr wie eine Madonna aus, aber der Kopf war klar zu erkennen: ein großer, dunkler Stein, der mitten auf dem Felsen in einer Mulde lag. Und als sie ihn genauer betrachteten, zeigte sich, dass die Felsklippe nicht aus einem Stück bestand.

»Der Kopfstein ist beweglich!«, stellte Justus befriedigt fest. »Hab ich's mir doch gedacht! Man kann ihn von den Schultern der Figur herunterheben.«

»Was wohl passiert, wenn wir das machen?«, dachte Bob laut nach.

»Tja«, meinte Justus, »dann wäre die Madonna wirklich kopflos. Und zu allem, was dann passieren könnte, würde ich sagen: Probieren geht über Studieren ...«

# Wasser marsch!

Der große Stein, der in einer Vertiefung saß, war so schwer, dass die drei ??? ihn gemeinsam nur mit Mühe bewegen konnten. Doch mit vereinten Kräften schafften die Freunde es. Vorsichtig hoben sie den Brocken an und wälzten ihn auf die Seite. Im selben Moment ertönte ein lautes Zischen.

»Was ist das?« Peter fuhr zurück. »Hier sind doch hoffentlich keine Schlangen!«

»Nein!« Justus deutete auf ein Loch, das sich unter dem Stein aufgetan hatte. »Da führt ein schmaler Tunnel tiefer in den Felsen. Und es sieht aus, als wäre er dort hineingebohrt worden.«

»Das ist ein Luftkanal, Freunde«, sagte Bob aufgeregt. »Deswegen zischt es auch so. Genial! Damit wird bestimmt mit Druckluft irgendein Mechanismus ausgelöst. Ich habe in alten Büchern über solche Fallen in Gräbern und Schatzhöhlen gelesen. Der Kopfstein hier oben sitzt so fest auf dem Loch, dass er den Lufteintritt verhindert. Aber wenn man ihn wegnimmt, ist der Weg frei, und die Luft dringt ins Innere. Das ist ja fantastisch.«

»Ja, schon – aber wozu dient das Ganze?« Peter sah in den schmalen Luftkanal. Außer dem zischenden Geräusch war nichts zu bemerken.

Im selben Augenblick ertönte in einiger Entfernung ein lauter Ruf: »Mr Shaw, Mr Shaw! Kommen Sie schnell! Ich habe den Eingang gefunden.«

Die Freunde schauten vorsichtig um den Madonnenfelsen herum. Ein ganzes Stück von den

Klippen entfernt, sahen sie Peters Vater und Mr Pitschkings Assistenten Marvin, der aufgeregt auf den Boden deutete und mit den Armen fuchtelte.

Peters Vater lief zu ihm. Vor den beiden Männern konnten die Freunde eine große Felsplatte erkennen, die sich aus einer Art Verankerung gelöst hatte und ein Loch freigab.

»Wo kommt der Einstieg denn plötzlich her?«, rief Peters Vater. »Dieser Schacht war doch eben noch nicht da?«

»Ich habe ihn entdeckt«, rief Marvin stolz und rückte seine rote Schirmmütze gerade. »Ich habe wohl irgendetwas berührt, und da ist die Steinplatte zur Seite geglitten. Oh, Mr Pitschking wird sehr stolz auf mich sein! Sicher bekomme ich eine Belohnung.«

Peters Vater zuckte die Schultern. »Ja, gut möglich. Und, was ist in dem Loch?«

»Halt!«, rief der Assistent. »Wir machen jetzt gar nichts. Wir gehen ganz ruhig zu Mr Pitschking und holen ihn her. Ihm gehört die Insel, und er soll die Schatzhöhle als Erster sehen.« Er ging zu Peters Vater und zog diesen am Ärmel hinter sich her Richtung Filmlager.

Justus sah seine Freunde an. »*Wir* haben den Eingang in die Piratenhöhle entdeckt und geöffnet«, sagte er freudestrahlend.

»Ja, und wir wissen auch, dass man da nicht so einfach reinkommt«, meinte Peter düster. »Denn da lauern jetzt Wasserfallen und andere unheimliche Mechanismen auf uns.«

»Trotzdem will ich nachsehen!« Justus sprang über die Klippen auf den Schacht zu, und Bob und Peter folgten ihm. Plötzlich hielt Justus inne. »Freunde, war da nicht eben ein Schatten?«

»Ich habe nichts gesehen«, antwortete Bob. »Aber wenn man hier durch die Felsen geht, kommt es einem dauernd so vor, als bewege sich etwas.«

Als die drei ??? die Öffnung erreichten, blickten sie in eine fast kreisrunde Höhle hinab. Doch nach ungefähr drei Metern wurde diese durch eine schwere Holzplatte verschlossen.

»Sieht aus wie eine Tür«, meinte Justus.

»Die man aber nicht einfach aus den Angeln heben kann«, fügte Bob hinzu. »Hier ist jetzt Arbeit gefragt.«

»Ihr habt recht, Freunde!«, meinte Justus, während er den Eingang musterte. »Hier kommen wir niemals alleine rein, und wahrscheinlich ist es auch zu gefährlich, nach allem, was wir wissen. Deswegen schlage ich vor, dass wir uns zurückziehen und abwarten, was geschieht. Ich bin sicher, dass Mr Pitschking alles versuchen wird, um hier reinzukommen. Und das will ich mir aus einem guten Versteck in der Nähe ansehen.«

»Und warum sagen wir nicht einfach Peters Vater, was wir entdeckt haben, Just?«, fragte Bob.

»Das kann ich dir sagen. In meinen Augen ist Mr Pitschking ein Dieb. Er hat die Madonnenfigur gestohlen und sich damit als gieriger und hinterhältiger Mensch erwiesen. Und das macht ihn gefährlich. Ich will aber Peters Vater auf keinen Fall in Gefahr bringen. Außerdem wissen wir noch immer nicht, welche Rolle der Mann im zerlumpten Mantel spielt. Und da das unbekannte Schiff auf dem Ozean nicht wieder aufgetaucht ist, steht in meinen Augen durchaus zu befürchten, dass hier noch einiges geschehen kann. Unsere Aufgabe ist es, die Wahrheit herauszufinden. Und das tut man nun einmal sehr oft am besten im Verborgenen.«

# In der Falle

Den Rest des Tages verbrachten Justus, Peter und Bob damit, einige Dinge, von denen sie meinten, dass sie sie vielleicht für ihre Entdeckertour gebrauchen könnten, mit aller Vorsicht aus dem Lager zu schaffen. Dann schmuggelten sie sie hinter eine höher gelegene kleine Gruppe von Felsen in der Nähe des Einstieglochs. Schließlich setzten sich die Freunde hinter die Felsen und warteten.

»Warten ist wirklich die schlimmste Detektivarbeit, die man sich nur vorstellen kann«, meinte Peter. »Solange man es tut, fürchtet man sich davor, was geschehen könnte. Man malt sich schreckliche Dinge aus und wird von Minute zu Minute unruhiger.«

»Ich finde, es ist aufregend«, widersprach ihm Justus. »Solange ich warte, überlege ich mir nämlich unablässig, was geschehen könnte, und suche im Kopf mögliche Lösungen dafür.«

»Für mich ist es ein Geduldsspiel«, erklärte Bob.

»Ich warte einfach so lange, wie es nötig ist, und dann hoffe ich, dass mich das Warten nicht zu müde gemacht hat, um noch handeln zu können.«

Doch diesmal hatten die drei ??? Glück. Das Warten dauerte nicht allzu lange. Kaum versank die Sonne hinter der Insel im Ozean, näherten sich nämlich Schritte über die Felsen.

»Wunderbar, Mr Shaw, dass Sie und Marvin den Einstieg in den Schacht entdeckt haben«, erklang Mr Pitschkings Stimme. »Und wie geht das Versteck nun auf?«

»Aber Mr Shaw hat das Loch doch gar nicht entdeckt. *Ich* habe es entdeckt«, ließ sich der Assistent verärgert vernehmen.

»Aber Mr Shaw wird die Höhle öffnen und nicht du, Marvin, also gib jetzt endlich Ruhe!«, donnerte Mr Pitschking. Er beugte sich über den Eingang des Schachts. »Oh, da liegt ja eine dicke Holzplatte auf dem Einstiegsloch. Die werden wir selbst zu dritt nicht hochheben können.«

»Das haben wir auch gesagt«, murmelte Bob.

»Ja, aber mein Vater weiß, wie so was geht«, flüsterte Peter. »Und er hat die nötigen Mittel und Tricks dafür zur Verfügung.«

»Also, Mr Shaw, was sollen wir tun?«, erklang wieder Mr Pitschkings Stimme. Peters Vater zog einen seltsamen Apparat aus einer Kiste, die er mitgebracht hatte. Dann drückte er einige schwarze Kissen zwischen die Ränder der Platte und den Felsen und befestigte sie mit langen Schläuchen an einem Generator. »Das ist ein batteriebetriebener Luftkompressor«, erklärte er. »Damit heben wir die Platte in Windeseile an.« Er drückte auf einen Knopf, und sofort darauf ratterte ein Motor los, und die Kissen füllten sich mit Luft. Und tatsächlich: Wie von Geisterhand begann die Holzplatte, in die Höhe zu schweben. »Und jetzt schnell alle drunterfassen und zur Seite ziehen«, befahl Peters Vater. Auf den Luftkissen zogen die drei Männer die Platte weg. Darunter kam ein dunkles Loch zum Vorschein.

»Oh nein!«, rief im nächsten Augenblick Mr

Pitschking. »Da geht es schon wieder nicht weiter! Es gibt noch eine Barriere.«

Justus beugte sich vor und spähte aus dem höher gelegenen Versteck ebenfalls in den Schacht hinunter. »Er hat recht«, flüsterte er. »Da kommt schon nach wenigen Metern der nächste Deckel. Und diesmal ist es eine Steinplatte. Der Pirat wollte wirklich auf Nummer Sicher gehen.«

Mr Shaw blickte ebenfalls in den Schacht. »Das ist interessant«, bemerkte er. »Dort kommt sofort das nächste Hindernis. Wer auch immer diesen Schacht angelegt hat, er wollte nicht, dass jemand ihn allzu leicht erkundet.«

»Dann ist das bestimmt der Weg zum Schatz!«, jubelte Marvin. »Das ist doch logisch! Los, machen Sie weiter, Mr Shaw! Legen Sie Ihre Luftkissen unter die nächste Platte. Damit dringen wir bis in die tiefste Tiefe vor. Und dann heben wir Perlen, Diamanten und Dukaten und werden reich!«

»So ist es«, grinste jetzt auch Mr Pitschking. »Los, Mr Shaw!«

Wieder steckte Peters Vater die Luftkissen zwischen Platte und Schachtwand. Doch diesmal gelang das Kunststück nur halb. Als die steinerne Platte sich an einer Seite zu heben begann, verkeilte sie sich gleichzeitig auf der anderen. Und man hörte auf einmal ein lautes Wasserrauschen.

»Mr Pitschking, hier klemmt was«, rief der Assistent.

»Nein«, sagte Peters Vater ruhig. »Es klemmt nicht, das ist Absicht. Die nächste Platte kann man nicht einfach hochheben. Aber warum das so ist, weiß ich nicht. Das muss ich untersuchen.« Er stellte den Motor des Generators ab und beugte sich über die Öffnung. Im selben Moment fuhr plötzlich eine Hand aus dem Spalt unter der Platte. Sie packte Peters Vater am Kragen und zog ihn kopfüber mit einem Ruck durch den Spalt in die Tiefe.

»Mr Pitschking!«, kreischte Marvin. »Mr Shaw ist verschwunden. Sehen Sie nur! Er wurde entführt.« Der Assistent sprang ängstlich einige Schritte zurück. Der Regisseur wurde kreidebleich

und wich ebenfalls zurück. »Da war eine lebendige Hand. Grauenhaft!«

Im selben Augenblick begann sich die Steinplatte wieder zu senken. Justus sprang auf. »Die Öffnung schließt sich. Los, Freunde, wir müssen mit runter. Wer auch immer Peters Vater dort hineingezogen hat, wir müssen ihm helfen!«

»Aber, Just«, stöhnte Peter, »das ist ein Gefängnis! Wie sollen wir meinem Vater helfen, wenn wir da auch reinsteigen? Und wer weiß, zu wem diese Hand gehört!?«

»Es ist kein Gefängnis, Peter!«, sagte Justus. »Wenn eine Hand da rauskommen kann, dann muss da unten jemand drin sein, der *vor* deinem Vater in den Schacht gelangt ist. Und zwar alleine! Das heißt, es gibt noch eine andere Art, da reinzukommen, als mit Maschinen und Gewalt. Also los, Freunde. Ich vermute, dort unten befindet sich der Mensch, der uns mit dem Boot gefolgt ist. Und wenn ich nicht ganz falsch liege, kann es sich dabei nur um einen handeln: den Mann im zerlumpten Mantel. Er hat mir schon in San Francisco keine Angst gemacht. Und darum – lasst uns in den Schacht steigen, solange noch Zeit ist!«

»Du hast recht!« Bob sprang ebenfalls auf. »Helfen wir Peters Vater.«

»Okay, Freunde!« Peter raste jetzt sogar als Erster auf den Spalt zu. Und es dauerte nur wenige Augenblicke, da rutschten die drei ??? durch den schmalen Spalt in die Tiefe. Kaum hatten sie es in den Schacht geschafft, senkte sich die Steinplatte mit einem dumpfen Laut über ihren Köpfen, und um die drei Freunde wurde es stockfinster.

»Uff!«, keuchte Bob. »Hoffen wir, dass wir das Richtige getan haben.«

# Der letzte Hinweis

Der Schacht unter der Steinplatte war finster, doch von weiter unten flackerte Fackelschein. »Dad?«, rief Peter. Doch kaum waren seine Worte verklungen, erlosch das Licht. Nicht der geringste Laut war zu hören.

»Gut, dass wir uns Taschenlampen besorgt haben«, flüsterte Bob und zog seine Lampe hervor. Er knipste sie an. Vor den drei ??? erstreckte sich ein steil abfallender Schacht, an dessen Rand ein spiralförmiger Weg nach unten verlief. Doch schon nach wenigen Metern wurde dieser von einer weiteren Steinplatte unterbrochen. Auf dieser allerdings waren weder Peters Vater noch sein Entführer zu sehen.

Dagegen erklang von oben lautes Rufen und Klopfen. »Mr Shaw!«, brüllte Pitschking. »Was ist passiert? Und was machen die Kinder da drin? Ich habe genau gesehen, dass sie in den Spalt geschlüpft sind! Mr Shaw, kommen Sie wieder raus!«

»Wir müssen ihm sagen, was los ist!«, rief Peter ängstlich. Er wandte den Kopf nach oben, um zu antworten. Aber Justus hielt ihn zurück. »Warte, Peter! Wir wissen noch nicht, was hier wirklich vorgeht. Und Mr Pitschking hat sich bisher nicht als unser Freund erwiesen. Ich schlage vor, dass wir erst einmal alleine nach deinem Vater suchen. Wenn er nicht hier ist, bedeutet das, dass der Entführer den Weg in die Tiefe kennt und weiß, wie man die nächste Steinplatte öffnet. Und dann wird er sicher auch einen Grund haben, deinen Vater um, äh, Hilfe zu bitten.«

»Um Hilfe zu bitten?« Peter schnaubte. »Wie kommst du denn darauf? Er hat ihn sich einfach geschnappt und entführt.«

Bob nickte. »Das sehe ich auch so, Just! Das war nicht die feine englische Art.«

»Da ist aber noch etwas«, fuhr Justus ungerührt fort. »Der Unbekannte muss einen Grund haben, warum er ihn entführt hat. Und wir müssen rausfinden, welcher das ist.«

»Okay«, seufzte Peter. »Riskieren wir es, auch wenn ich es ziemlich gewagt finde.«

Vorsichtig setzten sich die drei ??? in Bewegung. Als sie die Steinplatte erreichten, konnten sie außer der gemauerten Wand nichts entdecken.

»Also, raus geht es hier schon mal nicht«, meinte Bob. »Das bedeutet ja wohl, dass Peters Vater und der Unbekannte nach unten gegangen sind.« Justus nickte. Er leuchtete die Steinplatte ab. In diese war eine große Madonna eingraviert, die ein Kind in den Armen hielt.

»Hm, da nichts weiter zu sehen ist, vermute ich, dass der Mechanismus, mit dem sich die Platte bewegen lässt, irgendetwas mit dieser Madonna zu tun hat«, schlussfolgerte Justus. Vorsichtig begann er, an der Figur herumzutasten. »Vielleicht lässt sich etwas eindrücken oder so ...«

Gespannt sahen Peter und Bob zu, wie Justus vorsichtig an den in den Stein gemeißelten Linien entlangfuhr. Und auf einmal hatte der Anführer der drei ??? Erfolg. Als er den Kopf der Madonna drückte, ertönte ein leises Scharren. Im nächsten Augenblick aber fuhren die drei ??? erschrocken zusammen. Dicht hinter ihren Köpfen hatte sich eine verborgene Klappe in der Wand geöffnet, und aus dieser begann mit einem Mal, eiskaltes Wasser zu laufen.

»Just!«, schrie Bob. »Das ist eine Falle!«

Justus nickte. »Ich muss sie ausgelöst haben.«

»Und jetzt?!« Peter drückte sich an die Wand. »Wenn das Wasser hier immer weiter reinläuft, dann …«

»Wir müssen nachdenken!«, unterbrach Justus seinen Freund. »Offenbar haben wir es wirklich mit einem Mechanismus zu tun, der durch Berühren der Vertiefungen in der Steinplatte ausgelöst werden kann. Nur, dass ich die falsche Stelle erwischt habe.«

»Das wissen wir doch schon alles!«, schrie Peter.

»Es hilft uns, die Lage zu verstehen«, fuhr Justus ruhig fort. »Vielleicht lässt sich das Wasser ja durch nochmaliges Berühren wieder abstellen?« Er streckte die Hand aus und fasste noch einmal an den Kopf der Madonna. Doch leider geschah nichts.

»Das war keine Lösung!«, jammerte Peter.

Justus nickte. »Dann hilft uns vielleicht der Brief von Käpt'n Pit weiter. Die kopflose Madonna.«

»Aber die Madonna hier ist nicht kopflos«, sagte Bob.

»Genau, und deswegen war es sicher ein Fehler, sie am Kopf zu berühren!«, meinte Justus. »Ich hätte früher daran denken sollen.«

»Na, prima!« Peter zeigte auf das Wasser. »Das hilft uns jetzt auch nicht mehr.«

»Vielleicht doch«, überlegte Justus. »Passt auf! Es heißt doch immer, der Mensch habe Herz und Verstand. Er handle aus dem Gefühl heraus oder mit dem Kopf. Wenn man nun aber vorgibt, so wie Käpt'n Pit es tut, die Madonna sei kopflos, dann könnte dies so etwas bedeuten, wie: Folge nicht dem Kopf – sondern dem Herzen!« Justus sah seine Freunde Beifall heischend an. Doch weder Bob noch Peter reagierten darauf.

»Bitte mach einfach das, was du denkst!«, flehte Peter stattdessen. »Folge deinem Gefühl oder deinem Verstand oder was auch immer, aber mach was, bevor wir hier ertrinken.«

Das tat Justus. Er legte seine Hand auf die Stelle,

wo das Herz der Madonna schlagen würde, wäre sie ein lebendiger Mensch, und drückte fest auf den Stein. Im selben Moment hörte das Wasser auf zu fließen!

»Just!«, jubelte Peter. »Du hast mit deinem Kopf genau das Richtige gedacht, als du darauf gekommen bist, eine kopflose Madonna wäre eine Madonna mit Herz! Du hast das Wasser gestoppt! Du bist einfach großartig, Just! Ehrlich!«

Doch nicht nur das Wasser hörte auf zu fließen. Es geschah noch mehr. Kaum war der Wasserstrahl versiegt, begann die schwere Steinplatte, sich zur Seite zu schieben. Ächzend und knirschend verschwand sie Zentimeter für Zentimeter in einem Spalt im Fels und gab den Weg in die Tiefe frei.

# John Horse

Gebannt starrten die Freunde in die Öffnung. Von dort blickten ihnen zwei ebenso gespannte Gesichter entgegen. Es waren Mr Shaw – und der Mann im zerlumpten Mantel. Die beiden Männer standen auf einer nächsten Steinplatte, die den weiteren Weg in die Tiefe versperrte.

»Dad!«, rief Peter. »Ist alles in Ordnung?«

Mr Shaw nickte. »Ja, obwohl ich das Gefühl

habe, in eine äußerst verrückte Geschichte hineingeraten zu sein. Darf ich vorstellen: Dies hier neben mir ist Mr John Horse.«

»Wir hatten bereits die Ehre, ihn kennenzulernen«, sagte Justus höflich.

Im selben Moment drang durch die Steinplatte über den Köpfen der drei ??? eine megafonverstärkte Stimme zu ihnen herab. »Macht sofort den Schacht auf, oder ich sorge dafür, dass ihr da unten nie wieder rauskommt!«

»Pitschking«, murmelte Justus. »Mit dem ist wirklich nicht zu spaßen.«

Wieder dröhnte die Stimme von oben. »Ihr steckt doch alle unter einer Decke. Aber das ist *mein* Schatz. Die Insel hier gehört *mir*!«

»Aber *ich* habe den Brief von Käpt'n Pit!«, rief der Mann im zerlumpten Mantel namens John Horse. »Käpt'n Pit hat den Schatz meinen Vorfahren gestohlen und kurz vor seinem Tod den Brief an uns geschickt, damit wir ihn wiederfinden können. Es ist der Schatz unseres Stammes!«

Die drei ??? und die beiden Erwachsenen lauschten. Doch Mr Pitschking antwortete nicht mehr. Bob sah John Horse an. »Der Schatz Ihres Stammes?«, fragte er neugierig.

»Ja«, antwortete John Horse. »Der Schatz gehört den letzten Seminolen-Indianern in Florida.« Er hob stolz den Kopf. »Wir sind der einzige unbesiegte Indianerstamm in ganz Amerika. Aber Käpt'n Pit hat uns vor langer Zeit in den Sümpfen der Everglades überfallen und beraubt. Vielleicht hat er sich später dafür geschämt, das vermute ich jedenfalls. Denn er hat den Brief, den ihr gefunden habt, an unseren letzten Häuptling geschickt und darin das Versteck des Schatzes auf eine verschlüsselte Art preisgegeben. Und ich muss und werde ihn finden!«

»Aber wie wollen Sie das schaffen?«, fragte Mr Shaw. »Wir suchen schon die ganze Zeit und finden von hier keinen Weg weiter nach unten.«

»Und wenn wir einen Fehler begehen, dann läuft alles voller Wasser«, sagte Peter. »Käpt'n Pit hat diese unterirdische Anlage wirklich raffiniert geschützt. Worum handelt es sich denn überhaupt bei dem Schatz?«

»Es ist das Gold, das wir den Weißen gemeinsam mit den schwarzen Sklaven, die sich bei uns versteckt haben, im Kampf abgenommen haben. Wir haben es damals zwischen unseren heiligen Reiherfedern versteckt. Aber der Pirat hat davon Wind bekommen und alles geraubt.«

»Und warum wollen Sie diesen Schatz jetzt wiederholen?«, erkundigte sich Justus.

John Horse sah ihn streng an. »Weil wir damit ein Stück unseres alten Landes wiederkaufen wollen, das uns genommen werden soll. Es geht dabei um die große Apotheke der Everglades: ein altes Sumpfland, in dem viele heilende Pflanzen wachsen. Wir wollen diese Pflanzen schützen und kultivieren, und dafür brauchen wir das Gold.«

»Und was will Mr Pitschking?«, fragte Justus weiter.

»Seinen nächsten Film finanzieren«, antwortete John Horse. »Er weiß, dass es in den Weissagungen der Seminolen heißt, wenn ein Tier stirbt, dann bebt und zuckt es bis zuletzt. Und so wird es auch mit der Erde sein: Beben und Vulkanausbrüche, wenn sie ihr Ende erreicht. Pitschking will einen Film über diese Weissagung und den Untergang drehen. Aber wir wollen leben und das Leben heilen und fördern. Während der Kriege gegen die Weißen sind viele von uns zwangsweise in andere Gebiete umgesiedelt worden. Aber wir wollen zurück, denn sobald ein Medizinmann sein Territorium verlässt, verliert er den größten Teil seiner Macht. Alle heiligen Pflanzen, die er kennt, wachsen dort, wo er herkommt. Er kennt die Pflanzen nicht, die anderswo wachsen. Und der Schatz, den Käpt'n Pit uns geraubt hat, wird uns auf diesem Weg helfen! Der Kreis muss sich wieder schließen. Er ist das heilige Zeichen unseres Stammes.«

»Ich verstehe«, sagte Bob beeindruckt.

»Ich auch«, meinte Peter. »Aber wie kommen wir hier jetzt weiter?«

Im selben Moment donnerte es über ihnen, und die Stimme von Mr Pitschking brüllte erneut durch das Megafon: »Mr Shaw! Sie sind mein Angestellter, öffnen Sie die Steinplatte, oder ich lasse das Wasser hier oben fließen …«

Erschrocken sahen Peter und Bob Justus an. »Hast du eine Idee, oder müssen wir aufgeben?«

# Hoffnungsschimmer

»Mr Pitschking ist ein gerissener Bursche!« Peters Vater schüttelte betrübt den Kopf. »Mir kam es schon die ganze Zeit merkwürdig vor, dass sein Assistent und ich nach einem alten Baum suchen sollten. Pitschking hat behauptet, es gäbe eine verlassene Höhle, in der er eine bestimmte Szene drehen will.«

»Aber in Wahrheit war er nur hinter dem Schatz her«, meinte Justus. »Leider sitzen wir hier ganz schön in der Falle, wenn wir nicht schnell das Rätsel lösen, auf welchem Weg wir tiefer nach unten kommen. Wie sind *Sie* eigentlich hier hereingekommen, Mr Horse?«

»Ich hatte Glück«, gab John Horse zu. »Ich habe den Schacht unmittelbar vor Mr Shaw und dem Assistenten gesehen, habe an der Holzplatte herumgetastet und einen Öffnungsmechanismus gefunden. Ich bin hineingeschlüpft und habe dann an der Steinplatte mit der Madonna herumgetastet, weil ich dachte, der Öffnungsmechanismus müsste irgendwo dort zu finden sein. Und weil nichts passierte, habe ich aus Verzweiflung ihr Herz berührt und sie um Hilfe gebeten. Und plötzlich fuhr die Platte zur Seite ... Es war Glück! Als die Platte aufging, habe ich gesehen, dass hier an der Decke ein Hebel ist, mit dem man sie von unten wieder schließen kann. Und da habe ich Mr Shaw zu mir gezogen, in der Hoffnung, er könne mir helfen, weil ich dachte, so viel Glück habe ich sicher nicht noch einmal.«

»Aber ich konnte leider nicht helfen«, gab Peters Vater zu.

»Trotzdem müssen wir jetzt eine Lösung finden«, sagte Justus. Er deutete über seinen Kopf, wo es von der Decke zu tröpfeln begann. »Es hat nämlich ganz den Anschein, als ob Mr Pitschking mit seiner Drohung ernst macht.« Justus beugte sich über die Steinplatte, auf der sie standen. In diese waren mehrere Zeichen eingeritzt. Justus strich sich über die Unterlippe. »Es sind ein Kreuz, ein

Kreis, ein Herz und ein Totenkopf mit zwei gekreuzten Knochen darunter. Vielleicht muss man wieder eines der Zeichen berühren?« Er streckte die Hand aus, aber Peters Vater hielt ihn rasch zurück. »Halt! Da steht etwas über die Zeichen an der Wand. Nur begreifen wir nicht, was es bedeutet.«

Die drei ??? drehten sich um. In die Wand waren folgende Worte gemeißelt: *Wer auch immer du*

*bist, wähle weise, denn du hast nur eine Wahl! Jede falsche Wahl bedeutet dein Ende! Mit deiner Wahl aber verbinde mich und dich, dann findest du das deine!*

»Oh nein!« Peter sah nach oben, von wo das Wasser immer schneller herabrann und den drei ???, Mr Shaw und Mr Horse jetzt in den Nacken tropfte. »Wir sitzen in einer doppelten Falle«, klagte er. »Wenn wir die Platte nicht öffnen, werden wir ertrinken. Und wenn wir es nicht nach unten schaffen auch. Aber wir kennen den Weg nicht.«

»Wer behauptet das denn?«, sagte Justus plötzlich ruhig. »Ich denke, dass auch diese Zeichen hier mit dem Hinweis auf die kopflose Madonna gelöst werden können.«

»Ach ja? Und wie bitte?«, rief Peter.

»Mit Hilfe der guten alten Logik«, antwortete Justus gelassen. »Die kopflose Madonna hat uns bereits den Weg in diese Ebene gewiesen. Beim letzten Stein haben wir erfahren, dass es um ihr Herz geht, nicht um ihren Kopf.«

»Du meinst, dass man auch hier wieder das Herz drücken muss?«, fragte Bob.

»Nein«, sagte Justus. »Denn es heißt: verbinde dich und mich.«

»Aber wer sind diese beiden, die da verbunden werden sollen?«, fragte Peter unruhig. Im selben Moment schoss ein dicker Schwall Wasser von der Decke herab und bildete eine große Pfütze auf dem Boden.

»Natürlich Käpt'n Pit und die Seminolen-Indianer«, sagte Justus. »Der Dieb nimmt hier Kontakt auf mit den wahren Besitzern des Schatzes, denn an sie war sein Brief gerichtet.«

»Und was heißt das nun?«

»Ich denke Folgendes«, erklärte Justus. »John Horse hat uns gesagt, dass der Kreis das heilige Zeichen seines Stammes ist. Deswegen muss dieser das erste Zeichen sein. Das zweite, könnte man denken, ist der Totenkopf mit den Knochen, denn das ist das Zeichen des Piraten ...«

»Na, dann drück schon endlich«, fauchte Peter.

Doch Justus schüttelte den Kopf. »Aber genau das ist ein Irrtum. Denn das wahre Zeichen von Käpt'n Pit ist nicht der Kopf, wie es uns die kopflose Madonna gelehrt hat, sondern das Herz. Und deswegen kann es sich nur um Kreis und Herz handeln, die gemeinsam gedrückt werden müssen, um so die Wege, die sich beim Raub des Schatzes getrennt haben, wieder zu vereinen.«

»Ja«, flüsterte Bob. »Das klingt richtig.«

»Gut, dann können wir es wagen!« Justus sah Peters Vater an. »Mr Shaw, bevor wir den Versuch unternehmen, möchte ich Sie fragen, ob Sie irgendwelche Mittel aus Ihrer Ausrüstung bei sich haben, die zur Ablenkung von Mr Pitschking dienen könnten?«

»Aber wieso sollen wir ihn denn ablenken? Er ist doch eine Ebene über uns und kommt nicht herunter.«

»Das schon, aber wenn das Wasser nicht aufhört zu fließen, fürchte ich, dass es uns in die Tiefe nachkommt. Und das wäre für uns gewiss nicht von Vorteil. Ich denke, wir müssen Mr Pitschking und Marvin herunterlassen.«

»Das ist wahr«, stimmte John Horse zu.

Mr Shaw nickte. »Ich habe noch ein paar Nebelkerzen hier in meiner Tasche und zufällig auch eine Gummihand und eine Tüte Juckpulver, aber ich weiß nicht, wie uns das dienen könnte.«

Justus kicherte. »Oh, ich schon! Wenn Sie mir als erstes die Gummihand geben würden, wäre das großartig!« Er nahm das Requisit von Peters Vater entgegen. Dann drückte er mit zwei Fingern gleichzeitig Herz und Kreis an der Wand.

Justus' Schlussfolgerung stimmte! Wie von Zauberhand begann sich die Steinplatte unter ihnen zu öffnen und gab den Blick auf einige Stufen frei, die in einen weiteren Gang mündeten.

Justus nickte erfreut. Dann drehte er sich um und fasste an den Hebel, der die Platte an der Decke öffnete.

»Freunde, geht schon in den Tunnel, während ich die Platte öffne. Sobald ihr einen Schrei hört, zündet die Nebelkerzen. Wir wollen hoffen, dass uns der Rauch einen genügend großen Vorsprung verschafft.« Justus wartete, bis Peter, Bob, Mr Shaw und John Horse in den Gang getreten waren, dann zog er den Hebel.

# Ein wahrer Handstreich

Kaum begann sich die Steinplatte über Justus zu öffnen, hörte das Wasser auf zu fließen. Als der Spalt groß genug war, dass eine Hand hindurchpasste, rief Justus laut: »Wir haben Sie verstanden, Mr Pitschking. Meine Freunde und ich wollten Mr Shaw helfen, aber es ist ihm alleine gelungen, die Falle wieder zu öffnen. Bitte helfen Sie mir jetzt heraus.«

»Los, Junge, dann streck die Hand aus. Marvin zieht euch Jungs hoch. Aber wehe, ihr macht Ärger! Alles, um was es hier geht, gehört mir.«

»Natürlich, Sir!«, rief Justus und steckte dann die Gummihand durch den Spalt. Als sich ihm von oben Marvins Hand näherte, drückte er diesem die Gummihand in seine und hielt sie fest. Dann schrie er: »Ah, was ist das für ein ätzender Nebel? Hilfe! Bob, Peter, wo seid ihr?« Gleichzeitig pustete Justus das Juckpulver in die Höhe.

»Aua!«, erscholl die Stimme des Assistenten

Marvin. »Es brennt plötzlich so in meinen Augen. Was ist das?«

Justus ließ Marvin keine Zeit nachzudenken. »Meine Hand!«, brüllte er so verzweifelt er nur konnte. »Der Nebel frisst meine Hand! Hilfe!« Dann ließ er die Gummihand los. Über der Platte ertönte ein lauter Plumps, als habe sich Marvin auf den Hosenboden gesetzt.

Gleichzeitig rannte Justus in den Tunnel. »Schnell weg hier!«, rief er seinen Freunden zu. Mr Shaw hatte bereits die Nebelkerzen gezündet, und dicker grauer Rauch waberte durch den Tunnel und in die Höhe. Justus streute das restliche Juckpulver in die Luft, und der Rauch transportierte es in die Höhe. Die drei ??? hörten Mr Pitschking und Marvin schreien und fluchen. Dann drehten sich Justus, Peter und Bob um und rannten, so schnell sie nur konnten, den Gang entlang.

Er führte tief in die Felsen. Im Licht ihrer Taschenlampen konnten die Freunde sehen, dass die Decke immer niedriger wurde. Als die Erwachsenen sich bereits ducken mussten, gab plötzlich der Boden unter ihren Füßen nach. Eine im Boden verborgene Wippe senkte sich, und mit einem lauten Aufschrei rutschten Peter, Justus, Bob, Mr Shaw und John Horse in die Tiefe.

»Was ist das denn?«, rief Peter verzweifelt.

»Nichts«, stotterte Justus. »Oder vielmehr nur ein wippender Boden. Sicher landen wir gleich irgendwo ...«

Der Anführer der drei ??? behielt zum Glück

recht. Die seltsame Wippe setzte relativ sanft auf der unter ihr gelegenen Ebene auf, und die Freunde kugelten in eine riesige Felsenhalle.

»Wo sind wir denn jetzt?« Bob stand als Erster wieder auf und sah sich staunend um. Im Licht ihrer Lampen, die zum Glück heil geblieben waren, sahen sie einen hohen Felsendom voller Tropfsteine und schmaler Wasserrinnsale, in dessen Mitte ein gewaltiges hölzernes Rad auf einer Achse stak. An diesem waren viele Seile angebracht, die in die Höhe führten, wo sie zwischen den Tropfsteinen verschwanden.

»Seht euch das an! Hier scheint das Herz der Anlage zu sein«, sagte Justus. »Von diesem Rad aus werden anscheinend alle Eingänge und Fallen gesteuert.«

»Ja«, murmelte John Horse, »aber wo ist nun der Schatz?«

»Sicher gut versteckt«, meinte Bob.

Kaum hatte Bob das gesagt, begann sich das große hölzerne Rad zu drehen. »Das machen Mr

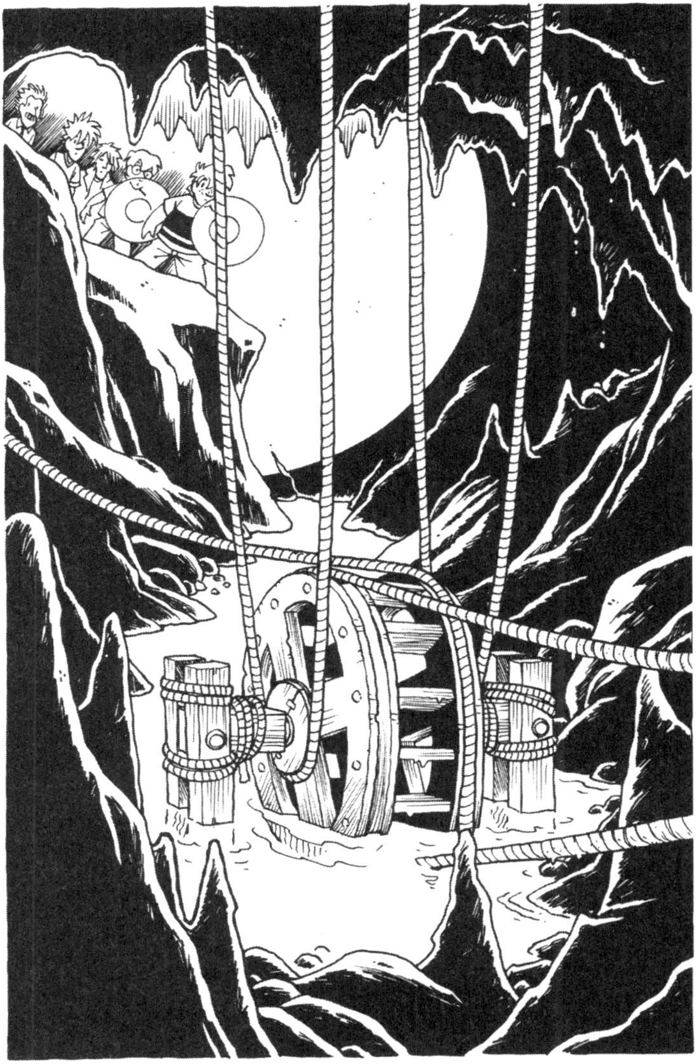

Pitschking und sein Assistent«, warnte Peter. »Sie bewegen da oben irgendetwas und wollen uns damit ausschalten.«

»Natürlich«, stimmte Justus ihm zu. »Unser Ablenkungsmanöver konnte nicht ewig dauern.« Er blickte an die Decke, an der Wasser zu tröpfeln begann. »Das Wasser läuft wieder. Aber es muss einen Ausweg geben!«

»Der Schatz!«, rief John Horse. »Ohne ihn kann ich nicht zu meinem Stamm zurückkehren. Dann ist unser Gebiet und unsere Geschichte wie ausgelöscht.«

»Das verstehen wir«, sagte Justus. »Und wir werden Ihnen helfen, John Horse, den Schatz Ihrer Vorfahren zu finden!« Justus trat an das hölzerne Rad. Dann zog er sein Schweizer Taschenmesser hervor, das er immer bei sich trug. »Ich werde jetzt alle diese Seile kappen. Dann kann das Rad nur noch von Hand gedreht werden. Auch damit werden wir Pitschking und seinen Helfer nicht lange aufhalten können, aber wenigstens eine Weile.«

»Und was machen wir, wenn die beiden hier unten ankommen und das Rad finden?«, fragte Mr Shaw.

»Bis dahin sollten wir den Schatz gefunden haben und uns auch darüber im Klaren sein, wie wir hier wieder wegkommen«, lächelte Justus Jonas.

# Schatzhöhle

So schnell er konnte, durchschnitt Justus die Seile, und nach wenigen Minuten stand das Rad still. Sofort hörte das Wasser auf zu fließen. Justus drehte probehalber mit den Händen am Rad. Die drei ??? konnten sehen, wie es an mehreren Stellen der Höhle dicht unter der Decke erneut zu tröpfeln begann.

»Es sind leider zu viele Wasserkanäle, um sie alle zu verstopfen«, meinte Bob.

Justus nickte und sah sich um. Einige Meter hinter dem Rad führte ein schmaler Pfad durch einen Wald aus Tropfsteinen.

»Das sieht nach dem einzigen Weg aus, der von hier weiterführt«, sagte er. »Probieren wir es da!«

Angeführt von den drei ??? machte sich die Gruppe auf den Weg. Als sie den Pfad betraten, der sich durch die Stalagmiten und Stalaktiten schlängelte, empfing sie ein feuchter, etwas salziger Geruch.

»Riecht ihr das?«, fragte Bob. »Das ist Salzwasser, was hier durchströmt, wenn die Fallen sich öffnen. Und das bedeutet, die Wasserzuflüsse kommen aus dem Ozean.«

»Das ist echt gruselig«, flüsterte Peter. »Mir reicht ja schon der Gedanke, dass wir hier unter dem Meeresspiegel sind. Aber die Vorstellung, dass uns das ganze Wasser auch noch unter sich begraben könnte, lässt mich echt schlottern! Wäre es nicht besser, wir stellen uns diesem Pitschking und versuchen, ihn zu überwältigen? Wir sind immerhin zu fünft.«

Mr Shaw schüttelte den Kopf. »Da ist noch etwas«, sagte er betreten. »Ich habe für Mr Pitschking ganz oben am Schacht eine Explosivladung angebracht. Eigentlich ist es nur eine Flammenzunge für Filmaufnahmen. Er hat das gewollt, weil er behauptete, wir könnten die Ladung zünden, falls uns etwas geschieht. Dann würde die übrige Crew uns finden, sobald sie das Signal sieht. Nur leider könnte die Flammenzunge auch den Mechanismus an der obersten Platte beschädigen. Und Mr Pitschking hat den Fernzünder dafür.«

»Sie meinen, er könnte uns alle hier unten nicht nur überfluten, sondern auch noch einsperren?«, fragte Bob verdutzt.

»Ja, das fürchte ich. Dieser Mann liebt ja Katastrophen und Weltuntergänge. Ich traue ihm eine solche Schurkerei zu!«

»Und damit haben Sie völlig recht, Mr Shaw!«, sagte Justus. Er deutete auf einen tiefen Graben, der am Ende des Tropfsteinwaldes auftauchte. Eine schmale Holzbrücke führte darüber. In dem Graben strömte tiefschwarzes Wasser. »Da! Das

Wasser kommt wieder! Pitschking muss uns dicht auf den Fersen sein, und er hat am Rad gedreht!«

Gleichzeitig rief eine Stimme hinter ihnen: »Ha, ha, ihr habt wohl gedacht, das bisschen Rauch würde mich aufhalten? So eine dumme Idee! Und die gekappten Seile tun das genauso wenig. Ihr habt wohl vergessen, dass man ein Rad auch mit der Hand drehen kann. Gebt auf und kommt zurück, oder ich flute die ganze Höhle. Ich schaffe es dann sicher noch raus. Aber ihr nicht! Und sobald ich oben bin, verschließe ich den Ausgang, indem ich den Mechanismus mit der Flammenzunge zerstöre. Also, ihr habt die Wahl: Ergebt euch, oder es ist aus mit euch allen!«

»Aber Sir!«, rief Justus, während er langsam auf die Brücke zuging. »Der Schatz gehört ihnen doch gar nicht. Er ist das rechtmäßige Eigentum der Seminolen-Indianer.«

»Na und? Wen kümmert das?«

»Aber Käpt'n Pit hat den Schatz dem Stamm zurückgeben wollen«, rief Bob.

»Nennst du mich etwa einen Betrüger, Bürschchen? Das ist noch niemandem gut bekommen. Na warte!«

»Sie sind nicht nur ein Betrüger, sondern auch ein Dieb!«, rief Justus. »Sie haben versucht, John Horse den Brief und den Schatz abzunehmen.«

»Ach ja? Na und! Außer mir, wisst das ja nur noch ihr. Und ihr werdet es niemandem mehr sagen können, wenn ich mit euch fertig bin. Ihr seid doch nur ein paar dumme Kinder. Ich aber bin mit allen Wassern gewaschen. Euch wird niemand vermissen! Und noch eins, Mr Shaw: Sie sind hiermit gefeuert!«

»Oh nein, Just«, flüsterte Peter. »Wir haben Mr Pitschking zu sehr gereizt! Er wird uns niemals mehr entkommen lassen.«

»Abwarten«, sagte Justus nur.

»Wieso bist du dir da so sicher?«

»Ganz einfach! All diese Fallen hier unten hat sich ein sehr kluger Kopf ausgedacht. Und so ein kluger Kopf weiß, dass er auf der Jagd nach einem

Schatz auch verfolgt werden kann. Ich bin sicher, dass er deswegen auch an einen Ausweg gedacht hat.«

»Das klingt vernünftig, Just«, sagte Bob. »Aber *wo* soll der sein?«

»Dort, wo auch der Schatz versteckt ist«, meinte Justus. »Wir müssen ihn nur finden.«

# Der Schatz des Käpt'n Pit

»Dann aber schnell, Freunde!« Peter rannte über die Brücke voran. Unter ihm floss das Wasser im Graben immer schneller und stieg dabei an. Doch schon setzten Justus und Bob ihrem Freund nach. Die Erwachsenen dagegen folgten ihnen nur zögernd. »Die Brücke ist sehr schmal«, meinte Peters Vater.

»Ja, aber wir müssen trotzdem hinüber! Kommen Sie, geben Sie mir die Hand.« John Horse und Mr Shaw fassten sich ein Herz und tasteten sich mit kleinen Schritten im Schneckentempo über die Brücke. Hinter der Brücke lag eine Höhle. Sie war jedoch leer und wirkte ganz verlassen.

»Was ist das denn?«, rief Peter. »Das ist ja ein ganz leerer Raum! Da ist bestimmt kein Schatz.«

»Ein alter Piratentrick«, lächelte Justus. »Lass den Schatzsucher einen leeren Raum entdecken, dann wird er denken, es war schon jemand vor ihm da, und es gibt nichts mehr zu holen.«

»Ja, davon habe ich auch schon gelesen«, meinte Bob. »Und das bedeutet, es muss hinter diesem Raum noch einen weiteren geben. Aber wo bitte ist die Tür? Ich sehe nur glatten Fels.«

»Eine Geheimtür natürlich!«, sagte Justus. Er musterte die Höhle. »Jeder normale Mensch erwartet eine Tür oder einen Durchgang zu ebener Erde irgendwo in der Wand.«

»Nichts zu sehen«, gab Bob zur Antwort.

»Und dann gibt es noch Falltüren«, fügte Justus hinzu.

Peter schritt den Boden ab. »Nein, Freunde«, verkündete er. »Da ist kein Spalt zu sehen.« Nachdenklich griff Justus sich an die Unterlippe und begann, sie mit Daumen und Zeigefinger zu kneten. »Und doch muss es hier weitergehen.« Er blickte zur Decke.

»Da oben ist auch nichts, Just. Das ist alles nur Stein«, murmelte Bob.

»Aber wo kann hier noch ein Durchgang versteckt sein?« Justus trat auf die Wände zu. »Wo würde in einem leeren Raum niemand nach einer Tür suchen?« Plötzlich lachte er auf. »Natürlich da, wo schon eine Tür ist. Nur da kann die Tür sein!«

Peter schluckte. »Äh, Just – wie meinst du das?«

Justus kicherte. Er ging zum Eingang der Höhle und untersuchte ihn. »Hier!«, rief er dann. »Hier ist eine Madonna in den Fels geritzt.« Er zeigte auf den Stein knapp über dem Boden. Tatsächlich war dort im Schatten eine Madonnenfigur zu sehen, die ein Kind im Arm hielt.

»Und jetzt?«, fragte Bob.

Justus überlegte. »Der wahre Schatz der Madonna«, sagte er dann, »ist weder ihr Kopf, noch ihr Herz – es ist ihr Kind!« Justus hob die Hand und drückte vorsichtig auf das Kind.

Vor den Augen der drei ??? begann der Boden des Höhlenraums, zur Seite zu gleiten. Darunter lag eine weitere Höhle, in der das Ozeanwasser schwappend an die Felsen schlug.

»Oh!« Peter hielt die Luft an. »Wie schön, da sind ja Tausende von Korallen!«

»Ja«, sagte die Stimme seines Vaters hinter ihm. »Und solange wir uns hier in einer Luftblase aufhalten, sind wir sicher. Aber wenn diese kleiner wird, weil durch die Wasserkanäle der Ozean hier eindringt, ist es mit der Sicherheit bald vorbei.«

»Shaw! Horse!«, brüllte es in diesem Moment hinter ihnen. »Ich weiß genau, worum es geht! Irgendwo hier ist die berühmte Gallionsfigur von Käpt'n Pit, genannt die Madonna. Sie wurde aus all dem Gold zusammengeschmolzen, das Pit als Pirat erbeutet hat, und thronte vorne an seinem Schiff, der *Santa Anna.*«

»Genau!«, sagte Justus und deutete in die Wasserhöhle. Auf den sanften Wellen unter ihnen tänzelte ein einfacher Holzkahn heran, auf dem eine goldene Figur schimmerte. Es war eine Nixe.

John Horse seufzte laut. »Seht doch, das ist die wahre Madonna ohne Kopf! Wie schön sie ist.«

Das war die Seejungfrau wirklich. Ihr schuppiger Fischleib glänzte im spiegelnden Licht des Wassers. Darüber erhob sich ihr menschenförmiger Oberkörper. Doch statt eines Kopfes thronte auf ihren Schultern eine tanzende Gruppe von Piraten und Indianern, die alle zusammen eine Krone über sich in den Himmel reckten.

»Eine Gruppe von Menschen statt eines einzelnen Kopfes«, murmelte Justus. »Ein Kreis von verbundenen Herzen!«

In diesem Moment schob sich eine hohe Welle in die Wasserhöhle und hob den Kahn an. Und hinter den drei ??? begann ebenfalls Wasser, durch den Höhleneingang zu fließen.

»Das Wasser kommt!«, rief Peter.

»Dann los, zum Ausgang!«, ordnete Justus an. »Aber welcher Ausgang denn?«, wollte Peter wissen. »Wir können doch nicht einfach ins Wasser springen. Wir wissen nicht, wie lange wir da unten tauchen müssen, bis wir an die Meeresoberfläche kommen.«

»Das macht nichts, wir werden genug Luft zum Atmen haben«, sagte Justus ruhig. »Dafür hat Käpt'n Pit gesorgt. Wir müssen nur den Kahn mit der Madonna umdrehen. Wenn das Wasser steigt, haben wir im Hohlraum des Kahns wie in einem U-Boot genug Luft zur Verfügung. Und die schwere Madonna wird dafür sorgen, dass das Boot nicht umfällt. Sicher ist sie fest im Boot verankert.«

»Genial, Just!«, seufzte Bob. »Das ist der Ausweg.« Er zeigte auf das Wasser, das jetzt immer schneller in die Höhle stieg. Dann sprangen Bob, Peter, Mr Shaw und John Horse ins Wasser. Sie drehten den Kahn um und schlüpften darunter in die Luftblase. Justus wartete noch einen Moment. Er hatte wieder einmal mit allem, was er dachte, recht behalten. Stolz knetete er seine Unterlippe. Dann drehte er sich schnell in Richtung der großen Höhle mit dem Tropfsteinwald. »Mr Pitschking!«, rief er aus Leibeskräften. »Es ist vorbei! Wir haben den Schatz gefunden und auch einen Ausweg aus der Höhle. Gleich sind Sie und Marvin hier unten alleine. Und ich würde Ihnen raten, die Höhle schnell zu verlassen. Drehen Sie um und geben Sie auf! Das ist Ihre einzige Chance!«

# Das Ende der Pirateninsel

In der Luftblase, die sich unter dem umgekippten Holzboot gebildet hatte, stapften Mr Shaw, John Horse und die drei ??? langsam über den Meeresgrund. Die Unterwasserhöhle verlief über einen leicht ansteigenden Hang unterhalb der Küste von *Santa Anna*, und schließlich kamen die Freunde und ihre beiden Begleiter wohlbehalten durch ei-

nen zwischen den Klippen verborgenen Tunnel ins seichte Wasser.

»Lasst uns den Kahn mit der Seejungfrau jetzt umdrehen«, ordnete Justus an. »Wo haben Sie Ihr Boot versteckt, Mr Horse?«

Der alte Indianer lachte, dass es von den Wänden des Kahns über das Wasser widerhallte. »Du bist ein schlauer Fuchs, Justus Jonas«, sagte er dann. »Du denkst immer an das Nächstliegende und daran, was zu tun ist. Und du hast recht. Mein Boot liegt ein Stück weit vom Eingang in den Schacht zwischen den Klippen. Dort habe ich gesehen, wie ihr den Kopf von der Felsenmadonna gehoben habt, und bin euch vorausgeeilt. Und nun muss ich wirklich ganz schnell von hier verschwinden. Ich werde den Kahn hinten an meinem Boot festmachen und mich endlich auf den Weg zu meinem Stamm begeben.«

Die drei ??? und Mr Shaw halfen dem alten Indianer dabei, das zu tun, was er gesagt hatte. Mit vereinten Kräften drehten sie den Holzkahn um.

Als die Sonnenstrahlen auf die goldene Meerjungfrau fielen, blitzten ihre Schuppen und die Krone hell auf. Sie schoben den Schatz zu John Horses gut verstecktem Boot. Dann band Peter den Kahn an diesem fest und schlug einen fachmännischen Seemannsknoten. »Damit geht Ihnen diese einmalige Göttin aus Gold garantiert nicht mehr verloren.«

John Horse lächelte. »Ich bin euch sehr dankbar, dass ihr mir geholfen habt. Ich habe lange nicht begriffen, dass ihr es ehrlich meint, und es tut mir leid, dass ich euch vor dem Museum angegriffen habe. Ich hoffe, ihr verzeiht mir diese Grobheit.«

»Ja«, sagten die drei ??? wie aus einem Mund.

»Der Stamm der Seminolen wird es euch nicht vergessen!« John Horse legte eine Hand auf sein Herz und nickte den drei Freunden und auch Mr Shaw kurz zu. Dann kletterte er in sein Boot, ließ den Motor an und tuckerte zuerst langsam und bald immer schneller über das offene Meer davon.

Noch während Justus, Peter und Bob ihm nachsahen, erklang plötzlich hinter ihnen auf den Klippen ein schallendes Lachen. »Besiegt! Hat mich der alte Indianer doch tatsächlich besiegt! Und das mir!« Zwischen den Felsen stand hochaufgerichtet Mr Pitschking. Seine Augen glühten, und sein Mund war zu einem breiten Grinsen verzogen. Abschätzig sah er die drei ??? an. »Ohne euch kleine Gauner hätte er das niemals geschafft, da bin ich mir sicher. Er hatte ausgezeichnete Helfer in euch. Und wenn ich nicht so großzügig wäre und wüsste, dass *mein* alter Vorfahre Käpt'n Pit seinen blöden Schatz tatsächlich diesen verrückten Indianern wiedergeben wollte, dann würde ich euch jetzt kielholen lassen. Aber so muss ich sagen, die verdammte Gerechtigkeit hat mal wieder gesiegt.«

Der Produzent und Regisseur lachte, dass ihm die Tränen in die Augen traten.

»*Sie* sind ein Nachfahre des Piraten Käpt'n Pit?«, fragte Justus neugierig und ohne jedes Anzeichen von Furcht.

»Natürlich, woher hätte ich sonst von der ganzen Geschichte wissen können«, antwortete Mr Pitschking. »Ich hätte ihn dafür erwürgen können, dass er diesen Schatz einfach zurückgeben wollte. Aber er ist beim Goldrausch so reich geworden, dass ich noch heute meine Filme von dem Erbe drehen kann. Na gut, soll John Horse mit der goldenen Meerjungfrau glücklich werden. Ich gönne sie ihm.«

Mr Pitschking drehte sich zu Marvin um, der ihn mit offenem Mund anstarrte. »Los, Marvin, sag allen Bescheid, dass jetzt endlich weitergedreht wird. Dann wandte er sich Mr Shaw zu. »Und Sie sind der beste Trickspezialist, den ich jemals getroffen habe. Ihre verdammten Gummihände und Nebelbomben mit Juckpulverschwaden waren die reine Piratenhölle. Mr Shaw, Sie sind wieder eingestellt. Los, machen wir uns an die Arbeit. Zeit ist schließlich Geld!«

Der große Mann drehte sich um. Dann hielt er plötzlich inne und wandte sich noch einmal um.

Sein Blick fiel auf die drei ???. »Jungs, ihr seid die würdigsten Gegner bei der Jagd nach dem Schatz gewesen, die sich der Nachfahre eines Piraten nur wünschen kann. Ihr habt eine gute Nase für die Gefahr, für das Gold und für die Wahrheit!« Mit einer großen Geste zog Mr Pitschking eine alte Piratenflagge mit einem Totenschädel und zwei gekreuzten Knochen aus seiner Tasche. »Hier! Das ist die echte Piratenflagge von Käpt'n Pit. Ich wollte sie eigentlich der goldenen Madonna um den Hals legen, wenn ich sie gefunden hätte. Aber das ist ja nun nicht mehr möglich. Deswegen schenke ich sie euch! Haltet sie in Ehren!« Er reichte Bob die Flagge, drehte sich dann wieder um und stiefelte davon. »Kommen Sie schon, Mr Shaw, die Arbeit wartet!«

Peters Vater zwinkerte den drei ??? zu und setzte sich in Bewegung. Die drei ??? aber sahen dem merkwürdigen Filmregisseur und Produzenten kopfschüttelnd nach. »Mann«, sagte Bob nach einer Weile, »das war ja eine unglaubliche Geschichte.«

Peter nickte. »Piraten, Indianer und eine goldene Madonna auf einer echten Schatzinsel – und wir mitten drin!«

Justus Jonas lächelte seinen Freunden zu: »Und wir haben geholfen, den Schatz in die richtigen Hände zu geben«, sagte er zufrieden. »John Horse wird das Gold klug einsetzen. Und darauf kommt es ja letztlich an.«

Die drei ??? wandten sich um und blickten auf den Ozean hinaus. Und ihre Augen folgten einem golden-leuchtenden Punkt, der sich langsam immer weiter entfernte.

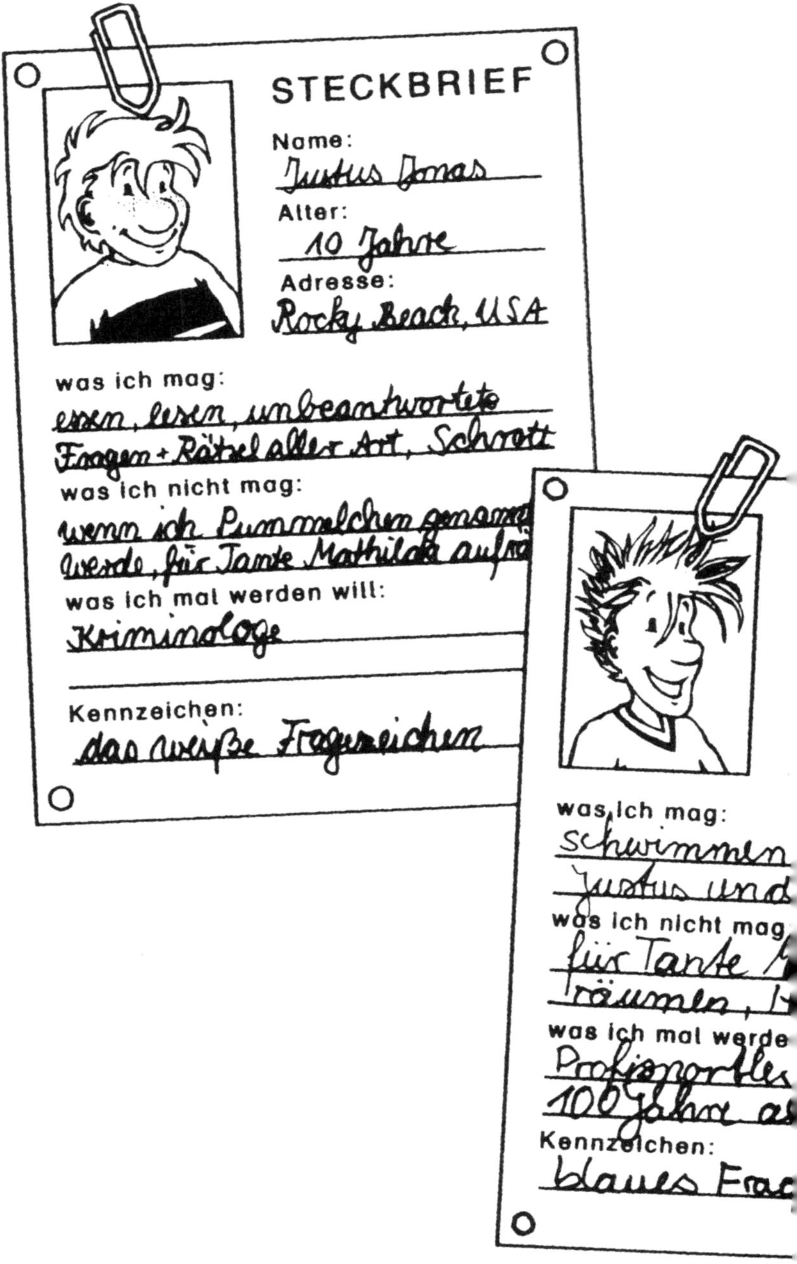
STECKBRIEF
Name:
Justus Jonas
Alter:
10 Jahre
Adresse:
Rocky Beach, USA
was ich mag:
essen, lesen, unbeantwortete
Fragen + Rätsel aller Art, Schrott
was ich nicht mag:
wenn ich Pummelchen
werde, für Tante Mathilda
was ich mal werden will:
Kriminologe
Kennzeichen:
das weiße Fragezeichen
was ich mag:
schwimmen
Justus und
was ich nicht mag
für Tante
räumen,
was ich mal
100 Jahre
Kennzeichen:
blaues